Francine Pascal

Les jumelles de Sun Valley

A cœur battant

Traduit de l'américain par Josette Gontier

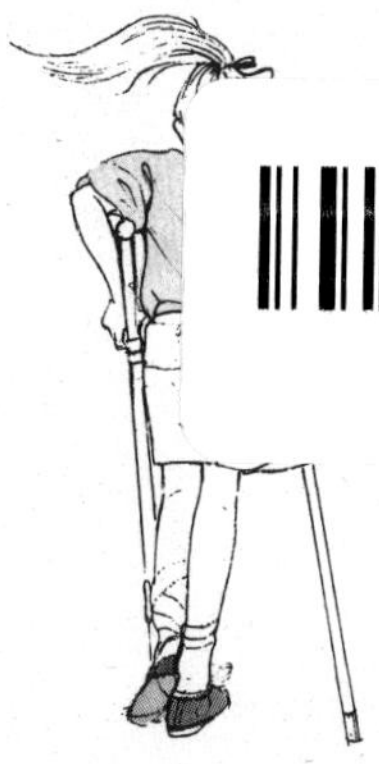

Illustrations d'Annie-Claude Martin

Hachette

L'ÉDITION ORIGINALE DE CE ROMAN
A PARU EN LANGUE ANGLAISE
CHEZ BANTAM BOOKS, INC., NEW YORK,
DANS LA COLLECTION SWEET VALLEY TWINS™.
SOUS LE TITRE :

ONE OF THE GANG

79, boulevard Saint-Germain, 75006 Paris

1

« Liz, tu peux venir une seconde ? s'écria Jessica Wakefield, en s'adressant à sa sœur jumelle qui s'activait au-dessus des fourneaux. Je sèche sur ce problème de maths débile ! »

C'était lundi après-midi, et Jessica travaillait sur la table de la cuisine familiale des Wakefield. Le soleil de Californie si approprié au style espagnol des meubles entrait à flots par les fenêtres.

Steven, le frère aîné des jumelles, était lui aussi installé autour de la table pour faire ses devoirs — et, au passage, asticoter ses sœurs bien-aimées ! Il avait pourtant deux ans de plus qu'elles mais il adorait encore raconter des histoires à dormir debout... Ce jour-là, il soutenait qu'il était doué de perception extra-sensorielle... Il jurait ses grands dieux qu'il devinait à distance les pensées de ses sœurs.

« Par exemple, je savais que tu peinais sur tes maths ! assena-t-il d'un air suffisant à Jessica. Mon sixième sens...

— Pas besoin de sixième sens pour deviner que Jessica se débrouille mal avec ses maths ! s'exclama Elizabeth, tout en posant une dernière pépite de chocolat sur une plaque remplie de cookies.

— Tu dis n'importe quoi ! lança Jessica à son frère. Tu deviens plutôt bizarre, en ce moment...

— Pas du tout, répliqua Steven. Je ne suis pas comme tout le monde, voilà. Je suis doté d'un sixième sens... Une perception extra-sensorielle. J'ai eu ma première prémonition ce matin même !

— "Perception extra-sensorielle" ! C'est la meilleure ! le railla Jessica. En matière d'extra, je crois surtout que tu es extra-embêtant !

— Tu peux vraiment deviner l'avenir ? demanda Elizabeth avec un sourire.

— Bien sûr que non ! intervint Jessica. Je t'en prie, Liz, ne l'encourage pas ! »

Elizabeth glissa la plaque de cookies dans le four.

« Une minute, Jess! Le temps de nettoyer tout ça, et je suis à toi! »

Les yeux bleu-vert de Jessica eurent un éclat impatient. Il lui arrivait de ne pas comprendre sa jumelle. Préparer des gâteaux, ranger la cuisine, en voilà des idées! Pour sa part, Jessica laissait toujours volontiers les piles d'assiettes sales à ceux qui voudraient bien s'en occuper... Comme le remarquait souvent leur mère, les jumelles Wakefield avaient des personnalités assez opposées...

Physiquement, elles se ressemblaient comme deux gouttes d'eau. Impossible de les reconnaître. Mêmes longs cheveux blonds, mêmes yeux aigue-marine, même fossette à la joue gauche, quand elles souriaient. Mais Elizabeth, venue au monde quatre minutes avant sa sœur, se considérait comme la « grande ». Très consciencieuse dans tous les domaines, elle ne rechignait jamais devant l'effort et aimait beaucoup les études. Responsable du journal des sixièmes, *Le Petit Fouineur de Sun Valley*, elle y consacrait son temps libre. Pour sa part, Jessica n'aurait jamais passé une seule seconde à écrire. Quelle horreur! Les Boute-en-train, la troupe des majorettes du collège, et les Licornes, un club de filles, qu'Elizabeth et Amy Sutton, sa meilleure amie, trouvaient snobs comme pas permis, l'occupaient au plus haut point.

Jessica était véritablement en adoration devant les Licornes. Elle cherchait toujours un nouveau moyen d'épater Janet Howell, élève de quatrième et présidente du club.

« Comme tu voudras, Jessica, déclara Steven d'un air pincé. Tu ne me crois pas, hein, pourtant j'avais prévu que tu serais désignée comme présidente du comité des Mini-Jeux olympiques !

— Tout le monde le savait ! rétorqua Jessica, en renvoyant sa chevelure en arrière d'un geste brusque. Et je suis à la hauteur, non ?

— C'est sans doute à cause de ta modestie naturelle que M. Butler a décidé de te confier cette rude tâche ! la railla Steven.

— Je suis sûre que tu feras un excellent travail, lança Elizabeth en s'installant à la table. Grâce à toi, les Mini-Jeux olympiques atteindront un niveau jamais égalé ! »

Au collège de Sun Valley, les Mini-Jeux olympiques constituaient une manifestation traditionnelle. Chaque année, les sixièmes organisaient les épreuves dans lesquelles se mesuraient les juniors du collège, sixièmes et cinquièmes comprises. Tous les sports imaginables y avaient place. Cette année, M. Butler, le professeur d'éducation physique des minimes, apportait son concours pour l'organisation de la manifestation.

La charge de Jessica l'amènerait à travailler souvent avec lui. En particulier, ils examineraient ensemble le programme, décidant des épreuves qu'il fallait conserver et de celles que l'on ajouterait éventuellement. Jessica savait qu'elle ne le décevrait pas. Quant à Janet Howell, elle ne manquerait pas d'être impressionnée par son travail, Jessica en avait la conviction. Son souhait le plus cher ? Etre appréciée par les Licornes. Et cette fois, aucun doute là-dessus, elle les épaterait.

« Mon sixième sens me dit que je vais être en retard pour mon entraînement de basket », jeta tout à coup Steven. Il referma son livre d'histoire à la hâte et se leva d'un bond. « A tout à l'heure, sœurettes ! Au fait, Jessica, je viens d'avoir une vision te concernant. Je crois que tu ne devrais pas sortir aujourd'hui. Sinon... »

Il n'acheva pas sa phrase, comme pour

laisser planer le mystère, et s'empressa de quitter la cuisine.

« Il m'horripile ! s'écria Jessica. Comment lui faire passer cette lubie ? J'en ai assez de ses dons extra-lucides !

— Ne t'inquiète pas, déclara Elizabeth. On trouvera un moyen. C'est vrai qu'il devient fatigant, à la longue !

— Qui devient fatigant ? demanda Mme Wakefield en entrant, les bras chargés de victuailles. L'une de vous deux irait-elle chercher le dernier sac, dans ma voiture ?

— Tout de suite, maman ! fit Elizabeth.

— C'est Steve, grogna Jessica. Si tu l'entendais ! Il n'arrête pas de nous rebattre les oreilles avec son sixième sens ! Ce n'est même plus drôle à la fin !

— Il finira bien par se lasser, ma chérie », dit Mme Wakefield d'un air apaisant en posant les sacs sur la table de la cuisine.

Avec ses cheveux blonds et ses yeux bleu clair, elle paraissait plutôt la sœur aînée des jumelles. Elle travaillait à mi-temps dans une entreprise locale de décoration.

« Mais nous n'avons pas la patience d'attendre ! protesta Elizabeth qui revenait, un sac plein d'épicerie à la main. Maman, tu devrais lui parler...

— Bon..., dit Mme Wakefield, les yeux pétillants de malice. Mais je connais ton frère : il s'arrêtera quand ça ne l'amusera plus. C'est bizarre que vous n'ayez pas encore trouvé comment faire cesser ces excentricités..., ajouta-t-elle en souriant. D'habitude, vous êtes championnes en la matière!

— Tu as raison, maman! s'exclama Jessica, le regard brillant. Comment se fait-il que nous n'y ayons pas songé, s'étonna-t-elle, en dévisageant Elizabeth. Il suffit de le dégoûter de ces histoires de sixième sens et on aura gagné!»

Elizabeth se mit à rire. Chaque fois que Jessisa Wakefield prenait une affaire en main, on ne s'ennuyait pas! Aucun doute là-dessus!

*
* *

Elizabeth disposait d'une bonne heure avant d'aider sa mère à préparer le dîner. Elle prit donc sa bicyclette et se rendit à la bibliothèque. Y aurait-il de nouvelles acquisitions? Elle partageait avec Amy Sutton, sa meilleure amie, la passion des romans policiers et de la lecture en général. Elles empruntaient des ouvrages à la bibliothèque et se les échangeaient.

Mme Donaldson, la bibliothécaire, accueillit Elizabeth avec un grand sourire.

« On vient juste de recevoir le dernier roman d'Amanda Howard, lui annonça-t-elle avec un clin d'œil. Quelque chose me dit que tu l'apprécieras. Je l'ai mis de côté pour toi. »

Le visage rayonnant, Elizabeth remercia l'employée, puis se dirigea vers la salle de lecture. Elle s'arrêta devant le rayon « dernières acquisitions ». A sa grande surprise, elle vit Pamela Jacobson, une de ses camarades de classe, assise dans un fauteuil, près de la fenêtre.

« Salut, Pamela ! lança-t-elle, un sourire amical aux lèvres. J'ignorais que tu fréquentais la bibliothèque ! »

Cette petite brune dont les cheveux châtains ondulaient jusqu'aux épaules était très jolie. Un teint pâle et des yeux bleu-gris ajoutaient à son charme. Elle leva les yeux de son livre avec un sourire timide.

« Je viens très souvent ici, avoua-t-elle. Et toi ?

— Moi aussi. Sans doute y venons-nous à des heures différentes... », répondit Elizabeth en tirant sa chaise.

En fait, elle ne connaissait pas très bien

Pamela qui n'était pas depuis longtemps au collège. Elizabeth la considérait toujours comme une « nouvelle ».

« J'adore la lecture, reprit Pamela. Ce livre est passionnant. Tu connais Amanda Howard ?

— C'est l'un de mes auteurs préférés ! » reconnut Elizabeth en éclatant de rire.

Les deux filles se mirent à parler de leurs écrivains

favoris. Et la conversation déboucha bientôt sur *Le Petit Fouineur de Sun Valley*. Pamela confia à sa compagne qu'elle aimerait écrire quelque chose pour le journal.

« Notre prochain numéro va être spécial ! s'enthousiasma Elizabeth. Nous couvrirons les Mini-Jeux olympiques. Tu pourrais peut-être rédiger un article sur ce sujet. M. Bowman assure qu'il faut faire participer le plus de monde possible à la rédaction du journal. »

M. Bowman, le professeur d'anglais des sixièmes, soutenait Elizabeth. Il était responsable du *Petit Fouineur de Sun Valley* et elle l'adorait, même si elle reconnaissait avec Amy qu'il était le professeur le plus mal habillé de tout le collège. Ne lui arrivait-il pas de porter des chemises rayées avec des pantalons écossais ?

« J'aimerais bien, dit Pamela, l'air ravi.

— Tu t'intéresses aux Mini-Jeux olympiques ? voulut savoir Elizabeth. Vous aviez ça, dans ton ancienne école ?

— Je n'ai pas le droit de faire du sport, avoua sa compagne en baissant les yeux, les joues soudain toutes rouges. J'ai une maladie de cœur. Je fréquentais une école pour enfants malades. Et nous n'avions rien de semblable, je veux dire que nous ne pratiquions aucun sport violent... mais beaucoup de jeux d'adresse, en revanche!»

Elizabeth se serait battue. Elle ignorait que Pamela venait d'une école de ce genre. Toutefois, elle aurait dû se souvenir que sa camarade était dispensée de gymnastique.

Devinant son embarras, Pamela s'écria :

«Ne t'inquiète pas! J'aime bien que les gens oublient que je ne suis pas comme eux... C'est pire, quand on est aux petits soins pour moi, ajouta-t-elle. En vérité, tout va bien si je ne me force pas, si je ne cours pas ou si je ne fais pas de gros efforts physiques. Quand je suis les conseils de mon médecin, je n'ai aucun problème!

— J'aime ta façon de prendre les choses! s'exclama Elizabeth, pleine d'admiration.

— Si j'ai quitté Ridgedale, déclara Pamela, c'est parce que là-bas tout le monde était "spécial". Et je commençais à me considérer ainsi, moi aussi. Lorsque j'ai annoncé que je voulais fréquenter une école "normale", certains de mes professeurs ont pensé que je commettais une erreur, ajouta-t-elle, l'air sombre. Selon eux, je ne m'y adapterais pas... Je serais obligée d'abandonner... »

Elizabeth regretta d'avoir parlé des Mini-Jeux olympiques.

C'était le genre d'événement qui risquait de faire ressentir sa différence à Pamela.

« De temps en temps, il y a des choses auxquelles je ne peux participer, poursuivit cette dernière à mi-voix, comme si elle devinait les pensées de son amie. Peu importe ! Ce que je veux, c'est pouvoir prouver aux autres que tout va bien, que je suis comme tout le monde, après tout. Et cela me suffit. J'ai horreur que l'on s'apitoie sur mon sort ! » conclut-elle, les yeux brillants.

Elizabeth approuva d'un signe de tête. Elle comprenait fort bien. Mais elle ne pouvait s'empêcher de reconnaître que les Mini-Jeux olympiques constitueraient une injustice pour Pamela. Tout le monde devrait pouvoir y participer. Pamela Jacobson aussi.

2

« Je suis vraiment très heureuse que M. Butler t'ait confié la responsabilité des Mini-Jeux olympiques », dit Janet Howell à Jessica, le lendemain, comme elles passaient leur short de gymnastique à rayures.

Elles se trouvaient au vestiaire. Il y avait là un petit groupe de Licornes entourant Jessica et Lila Fowler, dont Betsy Gordon, Tamara Chase et Barbara Haver, des filles de cinquième. Jessica souhaitait tout particulièrement leur faire bonne impression. Lila Fowler, une grande fille très mince, fort jolie, à la chevelure auburn, était une autre Licorne. Fille unique de l'un des plus riches habitants de Sun Valley, elle obtenait de son père tout ce qu'elle voulait. Lila avait été désignée comme vice-présidente des Jeux. On devinait qu'elle acceptait mal son second rôle.

« Qu'est-ce que tu comptes apporter, comme nouveautés, cette année ? » demanda-t-elle au passage à Jessica.

Celle-ci s'était déjà longuement penchée sur la question. Elle voulait que la compétition soit plus serrée. D'ordinaire, les classes formaient quatre équipes égales. Il y avait la Rouge, la Bleue, la Blanche et la Noire. On attribuait des points à chacune d'elles, tout au long de la journée et, à la fin, on désignait comme vainqueur celle qui en avait le plus.

« Cette année, j'ai l'intention de décerner des prix individuels, déclara Jessica. Nous aurons aussi plus d'épreuves hors du gymnase, plus d'épreuves de saut et un triathlon.

— Super ! s'écria Janet, les yeux brillants. Je suis très fière de savoir que deux Licornes font partie du comité.

— Et tu ajoutes bien sûr des disciplines dans lesquelles tu es très forte, se plaignit Lila. Personne n'ignore que tu domines en saut. Et nous, alors ?

— Il faut bien qu'il y ait une certaine compétition, tout de même, répliqua Jessica avec un regard furieux.

— Moi aussi, j'ai quelques bonnes idées à proposer, annonça Lila, d'un ton boudeur.

— Mlle Lambert veut organiser une épreuve de volley», intervint Ellen Riteman, une autre Licorne, en se joignant au groupe, devant les casiers.

Cependant Jessica ne releva pas cette dernière intervention. L'attitude de Lila la préoccupait beaucoup trop.

«Pourquoi a-t-elle la manie d'intervenir chaque fois que je suis la vedette? se demandait-elle. Ne lui suffit-il pas d'avoir une vraie fortune comme argent de poche, et un père qui lui achète tout ce qu'elle veut dès qu'elle exprime le moindre souhait?» Jessica bouillait. Elle allait montrer aux autres que Lila ne s'en tirerait pas à si bon compte en critiquant tout ce qu'elle entreprenait. Et tout de suite.

«Lila, il serait meilleur pour nous deux que tu ne cherches pas à empiéter sur mon rôle! lança-t-elle.

— Ne pas empiéter! répéta Lila, les yeux jetant des éclairs. Ce qui signifie être réduite au silence et te laisser agir comme tu l'entends!

— Que se passe-t-il?» intervint Ellen inquiète, en prenant Lila par le bras.

Elle aimait Lila et Jessica sans distinc-

tion. De toute évidence, elle souhaitait qu'on en termine avec cette discussion.

« Vous ne devriez pas vous disputer, dit Janet. L'important c'est que deux Licornes fassent partie du comité. Ça, c'est formidable ? non ?... Avez-vous pensé à une équipe violette, cette année ? » ajouta-t-elle, l'air songeur.

Un immense éclat de rire salua sa remarque. Le violet était la couleur préférée des Licornes. Du violet, encore du violet ! Elles portaient au moins un vêtement ou un accessoire violet tous les jours.

A l'image du nom de leur club, le violet était censé montrer combien elles étaient belles et différentes des autres.

« Janet a raison, claironna Tamara. Vous devriez travailler ensemble, toutes les deux. L'important, c'est que les Licornes remportent un immense succès. Ne l'oubliez pas ! »

Jessica resta silencieuse. Elle savait que le différend qui l'opposait à Lila n'était pas causé uniquement par les Jeux. Lila était beaucoup trop imbue d'elle-même pour ne pas essayer de lui mettre les bâtons dans les roues chaque fois qu'elle prendrait une décision.

Toutefois, Lila avait oublié quelque chose. Jessica avait la ferme détermination de ne pas reculer d'un centimètre. Elle avait des projets bien définis, concernant les Mini-Jeux olympiques, et rien ni personne ne l'empêcherait de les mener à terme.

*
* *

Pamela Jacobson quitta le vestiaire pour se rendre au gymnase. Avant d'entrer, elle prit une profonde inspiration. Brr! Quel froid, là-dedans! L'heure du cours dont elle avait horreur était arrivée... Ses compagnes ne semblaient pas partager son sentiment, bien au contraire.

Pour elle, c'était un vrai supplice.

Aussi loin qu'elle remontait dans ses souvenirs, Pamela s'était toujours sentie à part. Un jour, ses parents avaient appris que leur fille souffrait d'une affection cardiaque. Pamela était la cadette d'une famille qui comptait aussi deux garçons, Sam et Denny, tout à fait en bonne santé. Les médecins avaient expliqué à M. et Mme Jacobson que Pamela devrait toujours se ménager. On l'opéra une première fois avant l'âge de deux ans, et une deuxième fois à sept ans. Ces interventions lui sauvèrent la vie, mais son cœur restait fragile. Même si le médecin assurait qu'elle vivrait longtemps, elle était condamnée à un mode de vie particulier. Impossible pour elle d'avoir les mêmes activités que ses amies la plupart du temps. Interdiction de courir. Interdiction de faire des efforts. Elle avait besoin de médicaments et, ce qui la chagrinait au plus haut point, ne pouvait prendre la moindre décision sans la permission de ses parents.

M. Jacobson était lui-même médecin. Aux yeux de Pamela, cela constituait un handicap supplémentaire. Le docteur Jacobson était le père le plus protecteur du monde! Il avait beaucoup insisté pour que Pamela entre à Ridgedale, une école privée située à une vingtaine de kilomètres de Sun Valley, et uniquement fréquentée par des enfants dont l'état de santé nécessitait des soins. Il agissait avec Pamela comme avec une invalide, et pourtant, il n'ignorait pas qu'elle souhaitait être traitée de la même façon que ses frères. Lorsqu'elle lui avait fait part de son intention de quitter Ridgedale, il n'avait pas apprécié. Il avait fallu des mois et des mois de supplications pour qu'il se rende.

La pression de Mme Jacobson, partageant l'avis de Pamela, avait pesé dans sa décision.

Il avait donc cédé, mais à une condition : Au moindre signe de fatigue ou de dépression, Pamela réintégrerait Ridgedale.

Cette éventualité lui faisait horreur. Non que Ridgedale ait été une mauvaise école, ou la vie, là-bas, désagréable. Elle s'y était fait des tas d'amis et, le jour de son départ, elle n'avait pu retenir ses larmes. Mais Pamela voulait tenter sa chance : essayer de vivre comme tout le monde. Elle voulait prouver — à son père, tout comme à elle-même — qu'elle en était capable.

Mais elle savait qu'elle n'avait pas choisi la voie de la facilité. La moindre chose sans importance pour les autres devenait un véritable obstacle pour elle. A Ridgedale, pas d'escaliers, mais de légers dénivellements, de façon à permettre aux enfants cloués à leur fauteuil roulant de se déplacer sans aucune aide. Pamela se fatiguait très vite. Monter un petit escalier l'essoufflait, et elle devait le faire très lentement. Le collège de Sun Valley était deux fois plus grand que Ridgedale, ce qui supposait des classes très éloignées les unes des autres. Il fallait couvrir cette distance en peu de temps. Et Pamela arrivait toujours en retard au cours suivant. Si elle se dépêchait, elle se fatiguerait et son cœur risquerait d'en souffrir.

Cependant, tous ces problèmes trouvaient une solution. Ses professeurs comprenaient la situation, et nul ne lui reprochait son retard. Ce qui la tourmentait, c'était de se sentir à l'écart. Elle aurait aimé participer aux activités des majorettes ou du club de gymnastique. Toutes ces choses nécessitaient un effort physique. Maintenant, on parlait des Mini-Jeux olympiques. Et Pamela se sentait toute triste à l'idée d'être condamnée aux gradins. A Ridgedale, pas de problème de ce genre. Là-bas, tout le monde était handicapé. Mais ici... Ici, il n'y avait qu'elle. Que Pamela...

Avec un soupir, elle décida d'aller prendre place sur les gradins. Une partie de volley acharnée venait de commencer. Les Licornes s'étaient débrouillées pour se retrouver dans la même équipe. L'air triste et songeur, Pamela se demandait à quoi cela pouvait ressembler, d'être une Licorne. Elles étaient toutes si « classes », si sûres d'elles! Et ce nom de « Licorne ». Il avait une connotation si particulière...

« Nous avons choisi de nous appeler les Licornes parce que l'animal qui porte ce nom est original, et nous aussi... » Telle avait été l'explication fournie à Ken Matthews par Janet Howell, et que Pamela avait surprise. Elle aurait aimé lui rappeler deux ou trois choses sur le fait d'être « original ». Par exemple, qu'il est beaucoup plus facile d'être original en groupe que toute seule.

« Pam, viens jouer avec nous! s'écria Tamara Chase, qui venait d'apercevoir sa compagne.

— Impossible! dit cette dernière en rougissant.

— Mais nous avons besoin d'une neuvième personne! insista Tamara.

— Non, vraiment. Je n'ai pas le droit », conclut Pamela avec un signe de tête.

Ce refus parut contrarier Tamara. Elle ne fit aucun commentaire, mais Pamela savait qu'elle lui en voulait. Et ses yeux s'emplirent de larmes. « Une anormale, voilà ce que je suis », pensa-t-elle, complètement dégoûtée d'elle-même. Une larme roula sur sa joue, et du plus vite qu'elle put, elle se dirigea, tête basse, vers la porte du gymnase. Pourquoi avait-elle eu l'idée ridicule d'aller s'asseoir là-bas? Elle aurait mieux fait de se rendre en salle d'études! Après tout, son père avait peut-être raison. Savoir si elle ne s'était pas trompée, en espérant pouvoir s'adapter? Elle n'était pas comme les autres. Et elle avait eu la folie de croire qu'elle pourrait l'oublier, cette année.

*
* *

« Pauvre Pamela », murmura Elizabeth à Amy.

Elles regardèrent toutes deux la petite brune qui mangeait toute seule à une table éloignée, dans la cafétéria, et Elizabeth évoqua l'incident du cours de gymnastique, le matin même.

Elles s'accordaient à trouver Pamela très sympathique. Elizabeth avait du mal à imaginer ce que Pamela ressentait à se voir ainsi exclue d'activités si simples.

« Allons lui parler, dit-elle en se tournant vers Amy. Je pourrai peut-être lui proposer à nouveau de participer au journal... »

Amy approuva avec enthousiasme et, leur plateau à la main, les deux filles traversèrent la cafétéria. En les voyant, les yeux de Pamela s'animèrent, mais Elizabeth s'aperçut qu'elle avait pleuré.

« Le volley est sans doute le jeu le plus idiot de la terre ! s'exclama-t-elle en s'installant à table.

— Tu peux le dire ! approuva Amy. Quelle horreur ! Quand Mlle Lambert nous demande de jouer, je meurs d'ennui !

— Vous deux, vous essayez de me remonter le moral, murmura Pamela en essuyant une larme sur sa joue.

— Nous ? s'esclaffa Elizabeth. Amy, tu as entendu de quoi elle vient de nous accuser ? »

Amy fit mine de se

boucher les oreilles et, malgré elle, Pamela eut un petit sourire.

« Je sais, c'est bête de se montrer dans des états pareils pour si peu, dit-elle d'une voix douce. Mais c'est que je me trouve... Comment vous expliquer ? Je me trouve comme une idiote. Je n'aime pas être dans l'impossibilité d'agir comme les autres.

— Ce doit être très dur, déclara Elizabeth, l'air compréhensif, en regardant Pamela avec sympathie. Pam, je t'admire. Tu nous promets de nous faire savoir si nous pouvons t'aider ?

— Je crains que personne ne puisse m'aider dans ce qui me tient le plus au cœur, avoua Pamela avec un soupir. Je veux prouver à mon père que je peux m'adapter à cette école, que je n'ai pas besoin de fréquenter un établissement spécialisé. » L'air abattu, elle poursuivit : « Il n'arrête pas de me dire que j'ai l'air plus fatigué qu'à Ridgedale. Il est contrarié que je sois exclue de pas mal d'activités. Je crois qu'il essaie de convaincre maman de me remettre à Ridgedale, ajouta-t-elle en se mordant la lèvre. Moi qui cherche justement à lui prouver le contraire ! Mais comment ? »

Elizabeth et Amy échangèrent un coup

d'œil. La pensée que Pamela puisse regagner Ridgedale les bouleversait. Elizabeth décida sur-le-champ de demander à Jessica de prendre le cas de Pamela en considération, dans ses projets pour les Mini-Jeux.

« Pam, ne t'inquiète pas, lui dit-elle. Nous finirons par trouver le moyen de te garder chez nous. »

Elle n'ignorait pas la témérité de l'entreprise. Mais elle savait aussi qu'il lui fallait aider sa camarade coûte que coûte.

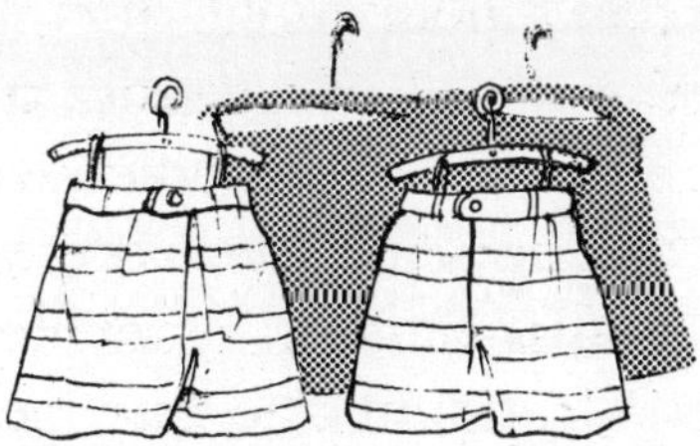

3

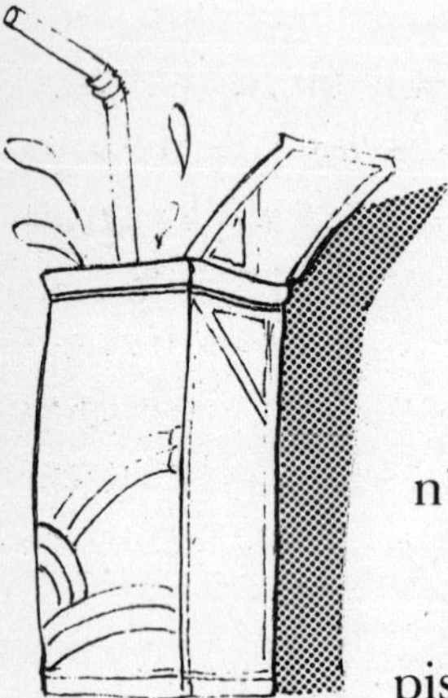

« Tu as compris ? Tu n'as oublié aucun détail ? » souffla Jessica à sa sœur.

Installées près de la piscine, derrière la maison, les jumelles savouraient les derniers rayons du soleil en attendant que leur frère rentre de son entraînement de basket. A ce moment-là, elles pourraient tenter de mettre leur projet en pratique.

« Je ne suis toujours pas persuadée que ça va marcher, déclara Elizabeth sceptique.

— Fais-moi donc confiance, Liz ! s'écria Jessica, d'un ton peiné. Tu sais très bien que notre seule chance est de convaincre Steve qu'il a vraiment un sixième sens. Il en aura une frousse terrible ! S'il persiste dans cette idée, en ce moment, c'est uniquement parce qu'il pense qu'il ne s'agit que d'une bonne farce.»

Elizabeth, qui avait prévu de parler de Pamela Jacobson à sa sœur, l'avait trouvée si excitée avec son plan anti-Steven qu'elle n'avait pu placer un mot.

«Bon... Tu te souviens bien, n'est-ce pas? insista Jessica. Toutes les prédictions de Steve doivent arriver. Pousse-le à en faire. Interroge-le sur ses "visions" et simule un effroi véritable! Si nous le prenons au sérieux, il commencera à être bien embêté, poursuivit-elle en riant. Il regrettera de nous avoir assommées, avec ses histoires!»

«Si vous saviez comme je suis heureux!» s'exclama Steven, quelques minutes plus tard, en poussant la porte du jardin, un paquet de cookies dans une main, un carton de lait dans l'autre.

Il vint s'affaler près de ses sœurs. Elizabeth fit la grimace.

«Comment peux-tu manger tout ça!... murmura-t-elle.

— J'ai eu une prémonition aujourd'hui! la coupa Steven, le visage rayonnant. Figurez-vous que mon sixième sens devient de plus en plus actif! Ce matin, déclara-t-il en mordant dans un cookie, j'ai eu le pressentiment que l'une de vous deux avait des problèmes.» Il mâchonna son gâteau avec application avant d'ajouter : «Il était environ dix heures et demie.»

Les yeux emplis d'horreur, Jessica donna une bourrade à Elizabeth.

«Tu dis bien dix heures et demie? Sérieusement? interrogea-t-elle vivement.

— Ben, oui», répondit Steven, étonné par sa réaction. Qu'est-ce qui prenait à Jessica tout à coup? D'habitude, elle se moquait royalement de ce qu'il racontait! «Pourquoi? demanda-t-il aussitôt. Il vous est arrivé quelque chose, à l'une ou à l'autre?

— Ecoute, Steve, reprit Jessica, je n'ai jamais cru à tes sornettes... Mais cette fois, je suis obligée de reconnaître que tu as un sixième sens!» déclara-t-elle d'un ton solennel. Elle frissonna et ajouta : «A dix heures et demie, j'étais en cours de gym, et j'ai failli recevoir un ballon sur la tête... Il arrivait tellement fort que Mlle Lambert m'a assurée que j'aurais été blessée.

— Super! s'exclama Steven, les yeux écarquillés. C'est vraiment arrivé à dix heures et demie?

— Croix de bois, croix de fer, si je

mens, je vais en enfer! affirma Jessica d'une voix déterminée.

— Et moi? intervint Elizabeth, devinant que sa jumelle voulait qu'elle prenne part à la conversation à son tour. Tu n'as eu aucune prémonition me concernant, dernièrement?

— Mais oui! s'écria Steven après une minute de réflexion. Ça me revient! Figure-toi que cet après-midi, pendant mon entraînement au basket, j'ai tout à coup eu le pressentiment que tu... euh... que tu trouvais de l'argent!... Mais je ne pense pas que le sixième sens fasse mouche à tous les coups, ajouta-t-il en regardant sa sœur avec insistance.

— C'est incroyable!» souffla Elizabeth, en clignant de l'œil à l'intention de Jessica. Puis elle se tourna vers son frère d'un air soupçonneux : «Tu as dû surprendre Amy Sutton en train de dire à quelqu'un que j'avais trouvé un billet de cinq dollars en revenant à la maison...

— Où veux-tu que j'aie rencontré Amy? s'indigna Steven, l'air troublé. Je n'ai pas quitté la salle de basket, et je suis rentré tout droit à la maison...»

Elizabeth lança un regard lourd d'anxiété à sa sœur...

« Quand je pense que nous le soupçonnions de tout inventer..., dit-elle.

— Steve, nous te devons des excuses, fit Jessica. Oui, vraiment. C'est incroyable! Tu possèdes un véritable don.

— Liz, tu as vraiment trouvé un billet de cinq dollars cet après-midi? demanda Steven, quelque peu alarmé.

— Absolument! assura Elizabeth d'un air solennel.

— Oh! je vous laisse... Un coup de fil urgent à donner... », lança soudain Steven, qui venait de pâlir.

Et il bondit sur ses pieds pour traverser le jardin en courant et gagner la porte de derrière.

Jessica et Elizabeth donnèrent libre cours à leur triomphe.

« Je te l'avais dit! s'écria Jessica, folle de joie. Il ne s'attendait pas à ce que nous le prenions au sérieux. Maintenant, il a la conviction de posséder un sixième sens et ça lui fait peur! »

Elizabeth devint pensive. Leur frère parti, il était temps d'amener la discussion sur Pamela.

« Jess, j'aimerais te poser quelques questions au sujet des Jeux, déclara-t-elle. Je sais que tu leur consacres beaucoup de temps et d'efforts, et je trouve certaines de tes idées vraiment géniales. Mais quelque chose me tracasse.

— C'est quoi? voulut savoir Jessica, d'une oreille distraite, tout en parcourant son carnet empli de notes concernant les projets mis au point en compagnie de M. Butler.

— J'ai eu une longue conversation avec Pamela Jacobson, pendant le déjeuner. Et cela m'a amenée à réfléchir. Sais-tu qu'elle n'a pas le droit de faire de la gymnastique ?

— Mmm..., fit Jessica, feuilletant son carnet à la hâte. Oui, en effet, je l'ai vue assise, ce matin, pendant que nous jouions au volley. Je me demande pourquoi, d'ailleurs. Si elle se sentait malade, elle n'avait qu'à pas venir...

— Justement ! Elle n'est pas "malade", expliqua Elizabeth, prenant la défense de sa camarade. Elle a un problème cardiaque, et ce n'est pas tout à fait pareil. Cela ne passera jamais !

— Ecoute, Liz, je ne vois pas le lien entre Pamela Jacobson et les Jeux, s'écria Jessica en levant la tête, les paupières mi-closes. Sans être grossière, je me permets de te rappeler que j'ai déjà prévu de ne pas la faire participer... Alors, où est le problème ?

— Il n'y aurait pas de problème si les choses se passaient comme les années précédentes. Mais étant donné que toi-même, tu veux innover..., déclara Elizabeth avec calme. Jessica, la vérité est que je ressens un sentiment d'injustice. Pourquoi quelqu'un comme Pamela ne pourrait-il pas se joindre à nous ?

— Elle pourrait peindre les affiches ou

quelque chose dans ce genre, murmura Jessica, fronçant les sourcils. Est-ce qu'elle sait taper à la machine? Nous avons un tas de prospectus à envoyer aux parents...

— Tu n'as pas compris ce que je voulais dire, fit Elizabeth d'une voix ferme. Je ne pense pas que Pamela souhaite travailler pour les Jeux. Je pense qu'elle voudrait concourir, y participer vraiment, comme tout le monde...

— D'accord! dit Jessica. Mais je ne crois pas qu'elle ait beaucoup de chances. La plupart dcs disciplines que nous avons sélectionnées sont plutôt dures. Si elle veut gagner, il lui faudra être en meilleure forme!

— Jessica, elle ne peut pas participer à des épreuves, s'indigna Elizabeth. Cela pourrait être très dangereux pour elle!»

Jessica poussa un soupir et posa son carnet.

«Eh bien? C'est ce que je t'ai dit tout à l'heure? non? Laisse tomber, Liz! Tu dis n'importe quoi!

— J'avais pensé à quelque chose, insista Elizabeth, bien droite dans son fauteuil. Puisqu'il y aura des changements, cette année... Pourquoi ne pas inclure des épreuves intellectuelles, par exemple, ou un concours de puzzles ou un jeu d'adresse quelconque ? Palema m'a dit qu'ils pratiquaient les jeux d'adresse dans son ancienne école.

— C'est une excellente idée, à mon avis, approuva Jessica. Hélas ! M. Butler et moi, nous avons déjà abattu des tonnes de travail pour tout organiser. Tu ne peux pas imaginer le temps que cela nous a pris... Maintenant que tout est au point, je n'ai pas envie de recommencer...

— A mon avis, cela ne te donnerait pas beaucoup de travail, insista Elizabeth. Et tes efforts seraient vraiment récompensés. Imagine ce que ressentirait Pamela ! Elle est arrivée au collège pour essayer de prouver qu'elle pouvait fréquenter une école ordinaire et que découvre-t-elle ? Qu'elle n'a pas le droit de participer à la moitié des activités ! Pense à tout ce que tu fais chaque jour sans réfléchir avant d'agir, comme monter les escaliers ou autre..., conclut Elizabeth en fixant sa sœur avec intensité.

— Je sais... Je l'imagine...

— Bon. Eh bien, maintenant, essaie de penser à ce que cela donnerait si tu devais faire un immense effort chaque fois. Pour monter les escaliers, précisément ! s'exclama Elizabeth, bouleversée.

— Ecoutc, Liz, le cas de Pamela me touche beaucoup, assura Jessica, mais je ne vois pas comment je pourrais résoudre son problème. Qui sait? fit-elle en prenant à nouveau son carnet. Elle a peut-être commis une erreur, en essayant de fréquenter un établissement comme le nôtre. Elle aurait peut-être dû rester où elle était.

— Je n'arrive pas à croire que tu puisses tenir de pareils propos! s'indigna Elizabeth. Jessica Wakefield, retire ce que tu viens de dire!

— D'accord... D'accord!» s'empressa d'admettre Jessica, levant vers sa sœur des yeux ébahis.

Elle n'avait pas l'habitude de la voir si contrariée, aussi jugea-t-elle préférable de ne pas envenimer les choses.

Et elle lui promit de réfléchir à sa proposition.

«J'en parlerai à M. Butler, dit-elle. Mais j'ai bien peur qu'il ne soit trop tard...

— Essaie toujours, dit Elizabeth. C'est tout ce que je te demande. Tu es une sœur du tonnerre, tu sais! s'exclama-t-elle, les yeux brillants. En échange, je te promets de t'aider, si tu as besoin de moi, d'accord?

— Super!» lança Jessica rayonnante, en posant à nouveau son carnet d'un air décidé cette fois. « Parce que j'ai vraiment quelque chose à te demander, vois-tu... C'est à propos de Steve, confia-t-elle. J'ai un plan en béton pour lui faire passer définitivement sa manie. Nous allons terminer ce que nous avons entrepris cet après-midi... Avec un peu de chance, il aura une telle peur qu'il n'osera même plus regarder son ombre sans avoir la chair de poule!

— Qu'est-ce que tu as encore inventé ?» soupira Elizabeth.

Elle connaissait sa jumelle! Jessica était capable de tout. Elizabeth espérait qu'elle n'avait pas parlé trop vite en lui offrant son aide.

*
* *

Ce même soir, au cours du dîner qui réunissait toute la famille, Jessica était en train de beurrer une tartine de pain quand elle déclara tout à coup :

« Au fait, Steve, j'ai parcouru le rayon occultisme de la bibliothèque, l'autre jour. Je suis tombée sur un livre qui expliquait que les gens dotés d'un sixième sens avaient parfois des visions... La nuit surtout.

— Ah bon? Je n'ai jamais rien vu la

nuit, reconnut Steven en reposant lentement son verre de lait.

— Steve, tu n'as presque rien mangé!» s'exclama Mme Wakefield, l'air ennuyé.

Le féroce appétit de Steven était un sujet de plaisanterie chez les Wakefield et le moindre changement dans sa façon de se nourrir laissait deviner que quelque chose n'allait pas.

«Je n'ai pas très faim, c'est tout... », dit-il.

Jessica lança un coup d'œil entendu à

sa jumelle. Leur plan semblait marcher.

« Tu es peut-être contrarié par des ondes surnaturelles, supposa-t-elle, heureuse de la tournure des événements. C'est sans doute ça qui perturbe ton appétit...

— Je pense plutôt aux tonnes de cookies qu'il a ingurgitées en sortant de l'école, remarqua Mme Wakefield en souriant.

— Possible..., approuva Jessica en attaquant son hamburger. Steve, une de ces nuits, pendant ton sommeil, tu vas voir un esprit. Y as-tu déjà pensé ?

— Je ne verrai rien du tout, Jessica ! » fit Steven, l'air en colère.

Il se leva, jeta sa serviette et traversa la pièce à grandes enjambées.

« Pour l'amour du ciel... commença Mme Wakefield.

— Il est juste un peu susceptible, aujourd'hui, la rassura Jessica avec douceur. Liz et moi, nous pensons qu'il commence à en avoir assez de son sixième sens !

— J'espère qu'il n'est pas malade, intervint M. Wakefield avec un regard inquiet à son épouse. A ton avis, il ne croit pas à ses prétendus pouvoirs, et il se borne à faire une bonne farce aux filles, n'est-ce pas ? »

Jessica et Elizabeth échangèrent un coup

d'œil. Avec ce qu'elles avaient prévu pour cette nuit, il y avait de fortes chances pour que Steven n'ait plus jamais envie de considérer les dons extra-lucides comme un sujet de plaisanterie...

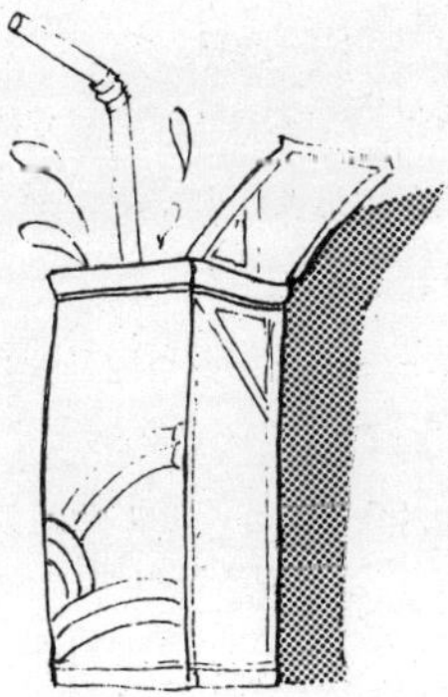

4

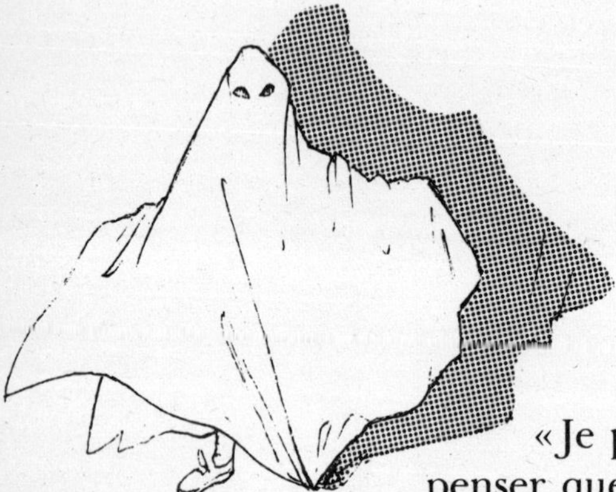

« Je persiste à penser que ce n'est pas une très bonne idée », maugréa Elizabeth à voix basse.

Les deux filles se trouvaient dans le garage et cherchaient leur chemin à la lueur d'une lampe électrique. Minuit venait de sonner. Surtout, ne pas faire de bruit... Si leurs parents s'apercevaient qu'elles n'étaient pas dans leur lit, ils s'inquiéteraient. Elles allaient commettre une action abominable envers ce malheureux Steven, et cela tourmentait Elizabeth au point qu'elle regrettait de tout son cœur la proposition faite à Jessica.

« Chut ! » fit celle-ci. Elle avait failli

percuter le tuyau d'arrosage et, agrippant sa sœur par le bras, elle pesta : « Zut ! Quelle plaie, cette obscurité !

— Laissons tomber ! la supplia Elizabeth. Nous avons assez fait, non ? Steve a eu vraiment peur cet après-midi, il va arrêter ses histoires, j'en suis sûre ! »

Mais Jessica entreprenait déjà de retirer l'échelle des crochets qui la retenaient au mur du garage.

« Pas question ! souffla-t-elle. Nous allons lui donner une leçon. Liz, aide-moi ! Ça pèse une tonne ! »

Après l'avoir sortie du garage, les deux jumelles entreprirent de transporter l'échelle. Elle était beaucoup plus lourde qu'elles ne l'avaient supposé. Pas facile de la déplacer jusqu'au mur de la chambre de Steven ! Une fois sur place, Jessica se chargea de la déplier en l'appuyant contre le mur.

« Et voilà ! murmura-t-elle. Attends-moi ici ! Je vais chercher mon costume de fantôme. »

Elizabeth se contenta de secouer la tête. Elle n'eut pas le loisir d'ouvrir la bouche : sa sœur repartait déjà vers le garage, courant dans l'obscurité. La torche formait une guirlande de lumière.

Il faisait frisquet. Elizabeth frissonna.

Au bout d'un laps de temps qui parut un siècle à sa jumelle, Jessica revint, un drap blanc à la main. Elle l'avait déjà utilisé pour la fête des Halloween[1].

« N'oublie pas ! chuchota-t-elle en commençant à grimper. Tu me passes le drap dès que j'ai atteint le haut de l'échelle.

— Tu sais, Jess, j'ai vraiment la conviction que nous devrions renoncer », répéta Elizabeth. Il y avait cette fois plus de détermination dans sa voix. « Que se passera-t-il, s'il a vraiment peur ? poursuivit-elle. Il peut devenir hystérique ou je ne sais quoi, moi ?

— Tu as promis de m'aider, oui ou non ? lui rappela sa sœur. Ne t'inquiète pas ! Il sera peut-être épouvanté pendant une seconde ou deux, mais ensuite, il se mettra à rire ! Et il laissera définitivement tomber ses idées loufoques. Et nous n'entendrons plus parler de ses dons !

— Je l'espère ! dit Elizabeth en riant. Tu te souviens du jour où il t'a terrorisée, déguisé en King Kong ?

— Et comment ! s'esclaffa Jessica. Il va payer pour ça aussi et pour toutes les

1. Halloween : veille de la Toussaint où les enfants se déguisent.

idioties qu'il nous rabâche depuis quelque temps. »

En effet, le soir de Halloween, Steven avait surgi dans la chambre de Jessica et lui avait procuré la peur de sa vie. Petit à petit, Elizabeth en venait à penser que son frère méritait bien qu'on lui rende la pareille.

Jessica eut bientôt atteint la cime de l'échelle. L'engin bougeait bien un peu, et Elizabeth se sentait inquiète. Tout en recommandant la prudence à sa sœur, elle maintenait l'échelle à deux mains.

« Passe-moi le costume », ordonna Jessica en se penchant.

Elizabeth obéit. Une sourde angoisse l'envahit. Le haut de l'échelle se mit à tanguer tandis que Jessica prenait appui sur le rebord de la fenêtre afin de revêtir le déguisement. Il comportait deux trous pour les yeux. Elizabeth ne put s'empêcher de le trouver terriblement effrayant dans cette nuit noire qui modifiait toutes les ombres autour d'elle. Jessica se plaqua contre la fenêtre et frappa au carreau. Elizabeth ne la quittait pas des yeux.

« Je crois qu'il n'entend pas, dit la première au bout de quelques instants. Je vais essayer de coller mon visage contre la vitre... »

Le cœur battant à tout rompre, Steven se retrouva brusquement assis sur son lit. Que signifiait ce bruit ? Cette sorte de grattement, à la fenêtre ? Soudain lui revinrent en mémoire les paroles de Jessica, au dîner. Et si elle disait vrai ? Certaines personnes dotées d'un sixième sens avaient-elles des visions ? Il devint tout pâle. Après tout, lui n'avait jamais voulu que s'amuser un peu avec ses sœurs ! S'il avait su...

Il respira profondément, repoussa draps et couvertures et s'approcha de la fenêtre à pas feutrés. Le store était baissé. Soudain, à nouveau un bruit. Bref, mais très net. On frappait au carreau. Cette fois Steven sentit un frisson le parcourir. Se ressaisissant, il remonta le store. Un cri d'horreur lui échappa : quelque chose de blanc, d'épouvantable, là, tout contre la vitre ! A quelques centimètres de lui !

« Jessica ! » hurla Elizabeth au même instant.

C'était à cause du store. Le mouvement brutal avait surpris Jessica. Elle avait sursauté et reculé instinctivement. Son pied gauche avait glissé sur le dernier échelon...

Quelle horreur! Elle s'accrochait à présent, désespérément, à l'appui de la fenêtre. Hélas! impossible de rétablir l'équilibre.

Et Jessica vacilla puis tomba comme une masse sur le sol avec un cri à vous figer le sang. L'échelle suivit le même chemin...

« Jessica ! hurla à nouveau Elizabeth, en essayant de dégager l'échelle. Jessica, réponds-moi ! »

A l'étage, il y eut bientôt de la lumière. Les cris de Steven, de Jessica et d'Elizabeth avaient réveillé M. et Mme Wakefield.

Le garçon ouvrit sa fenêtre d'un coup sec et se pencha.

« Que se passe-t-il ? » cria-t-il, honteusement soulagé soudain de découvrir la « vision » étendue de tout son long sur l'herbe du jardin et Elizabeth penchée sur elle.

« Appelle papa et maman ! Vite ! cria Elizabeth. Jessica est blessée ! »

Un méchant sourire tordit la bouche de Steven :

« Aaah... Bien fait pour... »

Mais soudain sa colère se dissipa quand le sens des paroles d'Elizabeth lui apparut avec clarté.

« J'arrive ! hurla-t-il.

— Ne leur dis rien, Liz ! haleta Jessica en essayant de se remettre debout toute seule. Ils vont nous assassiner !

— Comment te sens-tu ? demanda Elizabeth, en observant sa sœur avec inquiétude. J'ai bien cru que tu allais te tuer !

— Moi aussi, murmura Jessica. Liz, aide-moi à me tenir debout. Je crois que je me suis foulé la cheville. »

Elizabeth offrit son bras à sa jumelle, mais Jessica ne tenait plus sur ses jambes.

« J'ai dû me blesser sérieusement, Liz, grommela-t-elle, en se penchant pour se masser la cheville. Elle est sans doute cassée !

— En tombant, tu l'auras heurtée à un barreau, avança Elizabeth d'une voix pleine de chagrin en examinant la jambe de sa sœur.

— Jessica ! Ça va ? brailla Steven, surgissant à l'angle de la maison, ses parents sur ses talons.

— Pour l'amour du ciel, que se passe-t-il ? » demanda M. Wakefield avec colère.

L'échelle était étalée sur l'herbe. Près d'elle, Jessica, en pleurs, gisait à demi enveloppée dans le drap.

« L'échelle est tombée, souffla-t-elle.

— Elle est blessée, s'empressa de dire Elizabeth en dirigeant la torche vers la jambe de sa jumelle. Regardez, sa cheville commence à enfler.

— Ça n'a pas l'air bien grave, déclara Steven, mi-figue mi-raisin. Et qu'est-ce que tu fabriquais là-haut ? J'ai cru que tu étais...

Voyons, un cambrioleur, ou quelque chose de ce genre...

— On voulait juste lui faire peur. Juste un petit peu..., murmura Jessica à l'adresse de ses parents qui n'avaient pas l'air contents du tout. Je lui aurais fait croire que j'étais un fantôme... » Elle refoula ses larmes et poursuivit : « Nous en avions assez, de ses prétendus pouvoirs extra-lucides ! »

M. Wakefield s'agenouilla dans l'herbe et se mit à tâter la cheville de sa fille d'une main habile.

« Dis-moi si je te fais mal ! lança-t-il en la pressant légèrement.

— Aïe ! hurla Jessica.

— Je vois..., dit son père qui se leva en fronçant les sourcils. En route pour le service des urgences, ma fille ! Demain matin, nous parlerons de cette histoire de jumelles qui se lèvent en pleine nuit... Pour le moment, il nous faut le diagnostic d'un médecin au sujet de cette cheville. »

Lorsque son père la prit dans ses bras, Jessica se sentit blêmir. Non seulement elles allaient avoir des ennuis mais elle souffrait affreusement de la cheville et devait faire des efforts surhumains pour ne pas hurler.

Quelle malchance! C'était trop injuste! Pourvu que sa cheville ne soit pas cassée!

*
* *

« Eh bien, nous avons vu tout ça à la radio », annonça le docteur Lawrence en entrant dans la salle d'attente de l'hôpital où patientaient déjà depuis une demi-heure Jessica et son père. « Tu as de la chance, Jessica! reprit le médecin d'un air encourageant. Une mauvaise entorse, rien de plus...

— Ouf! s'exclama Jessica, avec un long soupir de soulagement. J'ai tellement de projets pour les semaines à venir! Je me demande ce que j'aurais fait, si j'avais eu une fracture!

— Hum... Hum... Désolé, mais tu devras renoncer à pas mal de tes activités quotidiennes durant une bonne quinzaine, déclara le médecin en examinant la radio d'un air sérieux.

— C'est-à-dire?

— Cette entorse n'est pas jolie du tout, remarqua le docteur Lawrence. Les gens l'ignorent souvent, mais une mauvaise entorse peut se révéler plus douloureuse qu'une fracture. Et elle exige presque autant de temps pour guérir. Ta cheville gauche ne devra pas supporter de poids avant au moins trois semaines...

— Et comment je me déplacerai ? s'écria Jessica, bouleversée. Je ne pourrai même pas marcher ?

— Exactement ! » approuva le docteur Lawrence avec un sourire. Devant l'air horrifié de Jessica, il ajouta : « Je ne serai pas aussi strict... Disons que tu pourras t'aider de béquilles. Ainsi, tu n'auras pas l'obligation de rester clouée au lit ! »

Il écrivit quelques mots sur une ordonnance qu'il tendit à M. Wakefield.

« Pour la douleur..., dit-il. Deux cachets toutes les quatre heures, pendant trois jours. » Puis, s'adressant à Jessica : « Il ne faut surtout pas enlever le bandage, sauf pour prendre un bain. Ensuite, il faut le remettre en le serrant bien. Lorsque tu t'assoiras, veille à avoir toujours la jambe surélevée. Et surtout, ne pèse jamais sur ta cheville !

— Mais je devais m'occuper des Mini-Jeux olympiques, objecta Jessica, l'air désolé en se mordant la lèvre. Et j'ai une compétition avec les Boute-en-train, la troupe de majorettes, lundi... Et...

— Suffit ! coupa M. Wakefield. Demain

matin, à la première heure, j'irai te chercher une paire de béquilles, et tu pourras aller en classe. Au revoir, docteur, et merci beaucoup, dit-il en serrant la main du médecin. Cette jeune personne a reçu une bonne leçon cette nuit, n'est-ce pas, Jessica ?

— Oh, oui ! » marmonna celle-ci.

Elle regarda sa cheville d'un air mauvais. Peut-on être aussi maladroite ! Durant les prochaines semaines, elle avait plus à faire que jamais, et voilà qu'elle ne pourrait même pas marcher normalement !

De plus, elle n'ignorait pas qu'elle devrait affronter la colère de ses parents, sans parler des sarcasmes de Steven. Et elle avait aussi la vague idée qu'Elizabeth ne la ménagerait pas, non plus...

Voilà comment ce projet idiot de faire peur à son frère lui retombait dessus ! Et qu'est-ce qui était le plus terrible : une réprimande des parents ou l'affreuse souffrance de sa cheville ?

Impossible de se lever toute seule. Son père la transporta jusqu'à la voiture comme une véritable invalide !

« Je ne vais pas t'accabler de reproches », annonça-t-il, dès qu'ils furent seuls, en mettant le contact. « Je crois que ta sœur et

toi aurez compris la leçon. Et si ce n'est pas le cas, cela ne tardera pas, à mon avis. » Il démarra avant de poursuivre : « J'avais à peu près ton âge quand je me suis foulé la cheville... Et si je me souviens bien, c'est à cette occasion que j'ai décidé de ne plus faire de bêtises. Au fond, cela m'a rendu service. De toute façon, ma blessure constituait un châtiment suffisant. Je pense qu'il en sera de même pour toi. »

Jessica sentit son anxiété refluer. Son père ne l'avait pas trop grondée. Bien sûr, sa cheville lui causait une douleur lancinante. Mais il ne s'agissait que d'une entorse. Est-ce qu'elle aurait mal longtemps ? Elle allait devoir se servir de béquilles pendant quelques semaines. Il faudrait s'y faire...

Finalement, elle ne s'en tirait pas trop mal. Elle brûlait d'impatience de se retrouver à la maison pour raconter tout ça à Elizabeth.

5

« Jessica ? Que t'est-il arrivé ? » s'écria Caroline Pearce en se frayant un chemin à travers la foule des élèves qui entouraient Jessica. C'était à l'interclasse, et Mlle Wyler tentait de les intéresser à la grande vente de chocolats organisée pour financer le voyage de fin d'année. Sans grand succès. Personne ne lui accordait la moindre attention. Jessica recueillait tous les suffrages.

« Ma pauvre chérie ! » s'attendrit Caroline.

Cette fille à la chevelure rousse et au nez parsemé de taches de rousseur était une commère redoutable. Elle habitait deux portes après les Wakefield. Jessica aurait parié que Caroline, toujours à l'affût de ce qui se passait chez les autres, regrettait de ne pas avoir été avertie la première de son entorse.

« Pas grand-chose ! déclara-t-elle, d'un ton dégagé. Tout simplement, une cheville foulée... »

Pourtant la matinée avait été difficile pour Jessica. Ce qu'elle avait l'habitude de faire lui avait demandé deux fois plus de temps. Descendre l'escalier pour aller prendre son petit déjeuner. Quelle épreuve ! Et se débrouiller pour transporter ses livres tout en ne laissant pas tomber ses béquilles avait été un vrai supplice. Finalement, elle s'y était faite. En un sens, c'était plutôt amusant. On ne s'était jamais autant intéressé à elle. Dans le hall, tout le monde voulait savoir ce qui lui était arrivé. Bruce Patman s'était porté volontaire pour les livres, lui qui d'ordinaire ne daignait même pas la saluer. Bruce était un élève de cinquième. Beau garçon aux cheveux noirs, il appartenait à la famille la plus fortunée de Sun Valley.

A l'horizon, un seul sujet d'inquiétude pour Jessica : Steven. Leur frère ne pouvait admettre que Jessica et Elizabeth n'aient pas reçu la réprimande qu'il espérait pour leur vilain tour. L'explication de M. Wakefield ne l'avait pas satisfait car il ne voyait pas en quoi Jessica s'était punie elle-même. Après tout, c'était lui la victime! Aucune punition ne paraîtrait assez sévère! Aussi refusait-il d'adresser la parole à Jessica, la seule à ses yeux à mériter des reproches. Elizabeth, elle, échappait à la mise en quarantaine. Jessica trouvait cela parfaitement injuste. Elle avait d'ailleurs bien l'intention d'oublier Steven. Et inutile de s'étendre sur les incidents de cette nuit. Pour le moment, elle était la vedette et elle entendait ne pas perdre une miette de la situation.

«Jessica! J'ai entendu dire que tu t'étais foulé la cheville! s'exclama Lila avec sympathie en faisant irruption dans la salle. Je n'arrive pas à y croire!... Ooh-Ooh... Mais c'est pourtant vrai!» s'écria-t-elle, en désignant l'épais bandage. Jessica la vit secouer sa chevelure auburn, puis l'entendit émettre quelques gloussements étranges, et enfin déclarer avec un délicieux sourire :

«J'ai bien peur que tu ne doives renoncer à la responsabilité des Jeux!»

C'était donc ça!

Jessica se sentit devenir toute rouge. Voilà qui expliquait la soudaine gentillesse de Lila!

« Quelle idée ! rétorqua-t-elle vivement. Tu sais, Lila, ce n'est pas très grave. Et cela n'affectera en rien mon intellect !

— Dans ce cas... Enfin, si tu as besoin d'aide... », proposa Lila, interdite.

Mais Jessica ne souhaitait pas poursuivre la discussion. D'ailleurs, Mlle Wyler attirait l'attention de ses élèves en agitant une petite sonnette. L'interclasse était terminé. S'aidant de ses béquilles, Jessica se dirigea vers sa table.

Au passage, elle remarqua le sourire amical que lui adressait Pamela Jacobson, au moment où elle s'activait à ranger ses béquilles. Elle se résolut enfin à les appuyer contre la fenêtre et regagna sa place à cloche-pied.

Le sourire de Pamela ne lui avait pas plu. Après tout, il n'y avait eu aucun drame ! Elle n'était que la victime d'un léger contretemps, sans plus.

Pamela et elle n'avaient donc rien en commun...

*
* *

« Steve ne me parle toujours pas », avoua Jessica d'un air maussade à Ellen Riteman, à l'heure du déjeuner.

On était mardi, donc deux jours après l'accident. Finalement, Jessica convenait qu'une entorse n'avait rien de très réjouissant.

Ses camarades ne lui portaient plus la même attention. Tout le monde avait essayé les béquilles, écouté le récit de l'accident, et maintenant plus personne n'y faisait allusion.

« J'ai comme l'impression que tu n'as pas le moral, dit Ellen.

— Cette foulure commence à me peser, admit Jessica. Le moindre déplacement me prend un temps fou. Et il me faut une éternité pour monter ou descendre un escalier.

— Quelle poisse !

— Avec ça, impossible de monter à bicyclette. Je ne peux plus rien faire ! lança Jessica d'une voix triste. Et puis personne ne m'accorde plus la moindre attention, ajouta-t-elle avec une moue boudeuse. Personne ne se soucie de ma santé. Sauf toi, Ellen », s'empressa-t-elle d'ajouter.

Elle savait qu'elle s'apitoyait sur son sort, mais comment s'en empêcher ?

Tout lui semblait soudain d'une tristesse accablante.

Plus question de se produire avec les Boute-en-train, bien entendu. Il ne restait plus à Jessica qu'à suivre les évolutions des majorettes depuis les gradins, le cœur en lambeaux. Cette semaine, les filles apprendraient de nouvelles figures. Comment rattraperait-elle le temps perdu une fois guérie ?

Et puis, il y avait les Mini-Jeux olympiques. Jessica avait passé un temps fou à préparer le programme. A présent, elle avait beaucoup de mal à arriver aux réunions à l'heure et à se réserver la direction des débats. C'était exaspérant !

D'autant que Lila Fowler semblait très bien tirer parti de la situation fâcheuse de son amie.

Elle insistait pour que cette dernière lui confie davantage de tâches, puisqu'elle était handicapée. Chaque fois que M. Butler donnait un ordre, elle se débrouillait pour le satisfaire, prétextant que la pauvre Jessica, avec ses béquilles, aurait beaucoup trop de mal... De toute évidence, Lila essayait de la supplanter, et Jessica ne le supportait pas.

« En effet, tu n'as pas l'air en forme, reconnut Ellen. J'avoue que clopiner sans arrêt n'a rien de réjouissant...

— Je ne clopine pas ! » protesta Jessica en posant son sandwich. Elle n'avait pas pour autant perdu son féroce appétit. « Disons que je commence à en avoir un peu assez..., avoua-t-elle. J'aimerais faire tellement de choses. Ce n'est pas drôle de se sentir à l'écart !

— Je sais », dit Ellen d'une voix émue.

Mais Jessica n'avait pas vraiment la certitude que son amie *savait.* Elle n'avait jamais été exclue de quelque chose. Pas plus qu'elle-même, jusque-là. Et elle n'aimait pas du tout cette situation. Mais alors pas du tout !

« Les filles, c'est lc moment de montrer ce que vous savez faire! lança Mlle Lambert après un coup de sifflet destiné à inviter les élèves à plus d'attention. Nous devons participer à la finale du volley, et je compte sur vous! »

Assise sur les gradins, Jessica poussa un soupir de dépit. Les Licornes plaisantaient et se lançaient des bourrades amicales devant le filet.

Le vendredi était arrivé, encore une journée de plus à traîner ces maudites béquilles! Pour être avec ses amies Janet, Lila et toutes les autres, Jessica aurait fait n'importe quoi.

« Salut, Jessica! Je peux m'asseoir à côté de toi? »

Une voix familière. Timide. Celle de Pamela Jacobson.

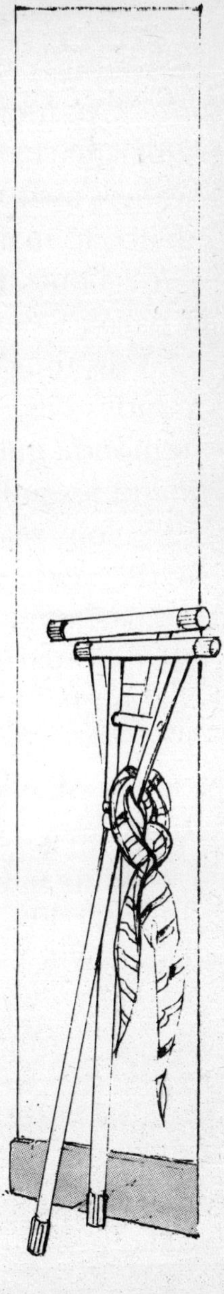

« Bien sûr que oui, répondit Jessica avec un soupir.

— Ce n'est pas drôle, n'est-ce pas ? » remarqua Pamela.

Elle s'assit et les deux filles suivirent en silence le match qui commençait.

Au bout d'un moment, Pamela reprit la parole.

« Vois-tu, c'est ce qui me fait le plus mal. A mon avis, il n'y a rien de plus terrible au monde que d'être obligé de rester assise quand les autres... »

Sa voix se cassa. Jessica leva un regard furtif vers sa compagne. Elle n'aurait jamais imaginé que Pamela ait une telle envie de participer.

« En effet..., dit-elle.

— Bien entendu, continua Pamela, comme si elle devinait les pensées de sa compagne, cela doit être pire pour toi. Tu comprends, moi, j'ai l'habitude... Mais pour quelqu'un qui a toujours pris part aux activités... »

Jessica s'absorba dans la contemplation de ses ongles. Elle ne voulait pas l'admettre, mais elle s'apercevait pour la première fois de ce que devait ressentir Pamela.

« Je ne suis pas de ton avis ! jeta-t-elle.

Je pense que c'est bien plus dur pour toi! Moi, j'en ai seulement pour deux bonnes semaines.

— Possible, admit Pamela au bout d'un moment. Tu as raison.»

Il y eut un silence. Elles suivirent toutes deux le match de volley. Jessica prenait lentement conscience que, vu des gradins, le jeu avait un tout autre aspect. Les autres semblaient vraiment s'amuser!

«Il m'arrive de penser que je devrais laisser tomber et retourner à Ridgedale, déclara soudain Pamela.

— Ne dis pas ça, répliqua Jessica, horrifiée au souvenir qu'elle-même avait prononcé ces mots quelques jours auparavant. J'ai la conviction que tu y arriveras... Donne-nous le temps de nous habituer à toi. Tu verras, tout va devenir plus simple.

— A Ridgedale aussi, je me sentais comme une intruse. Tu comprends, j'étais moins handicapée que la plupart des élèves. On me jalousait un peu...»

Jessica ne trouva rien à dire. Honnêtement, elle se félicitait de la faible durée de son indisponibilité. Tandis qu'il en était tout à fait autrement pour Pamela...

«Steve, attends!» appela Jessica, en forçant sur ses béquilles pour rejoindre son frère plus rapidement.

Ils se trouvaient devant le collège, et Steven ne manifestait pas le moindre désir de consacrer un peu d'attention à sa sœur.

« Combien de fois faudra-t-il te répéter que je te demande pardon ? cria-t-elle.

— Des excuses, ça ne suffit pas, cette fois ! répondit le garçon d'un ton cassant. Qu'est-ce que tu dirais si j'avais cherché à te faire mourir de peur, hein ? »

Tout à coup, Jessica ressentit un immense désarroi. Les béquilles la blessaient, sous les bras. Et elle en avait assez de supplier son frère.

« Après tout, tu n'es qu'un gros bébé ! répliqua-t-elle, excédée. Sinon, tu n'aurais pas eu une telle frousse ! Et moi, je ne serais pas tombée de l'échelle...

— Espèce de tricheuse ! lança Steven, le regard lourd de colère. Tout est ta faute, et tu le sais parfaitement ! »

Il parut vouloir ajouter quelque chose, mais il renonça et tourna les talons pour traverser le parking à grandes enjambées.

Jessica respira profondément et se détourna. Il lui restait encore quinze minutes avant son rendez-vous avec M. Butler, Lila Fowler et les autres membres du comité des Jeux. Qu'allait-elle bien pouvoir faire pour tuer le temps? Soudain, son handicap lui revint en mémoire : avec cette maudite cheville, elle n'aurait pas trop de quinze minutes pour atteindre le gymnase et se préparer à la réunion!

6

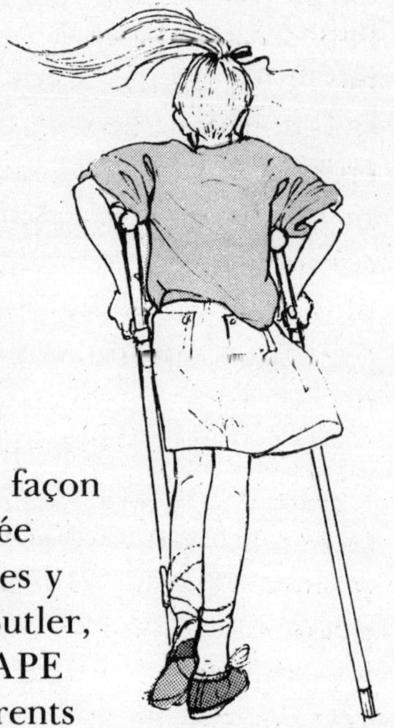

La réunion ne se présentait pas de la façon dont l'avait envisagée Jessica. Six personnes y participaient : M. Butler, Mme Ubrich, de l'APE (Association des Parents d'Elèves), les deux élèves de cinquième sollicités, Randy Osborne et Patty Duval, ainsi que Lila et Jessica. Randy, un beau garçon aux cheveux noirs, avait un sens de l'humour remarquable. Il paraissait consacrer beaucoup de temps et d'efforts à son rôle d'organisateur des quatre équipes. Patty se chargeait de la publicité. Aux yeux de Jessica, c'était une fille très sympathique qui, jusque-là, l'avait toujours écoutée.

Pourtant, cet après-midi-là, Jessica avait l'impression que ses efforts pour attirer l'attention restaient sans effets. Personne ne l'écoutait! D'abord, elle pensa qu'elle se faisait des idées. Au sujet de la première épreuve prévue, le saut en longueur, Jessica suggéra de la changer de place, et de commencer par la natation. Il lui semblait plus sensé de débuter par les épreuves en piscine, à l'intérieur, puis de passer le reste de la journée dehors, sur le stade.

« Un peu d'attention, Jessica, déclara Lila, après s'être raclé la gorge, c'est bien ce qui a été dit : d'abord les épreuves à la piscine, puis les sautoirs, les sauts en longueur et en hauteur, et enfin, la piste pour les courses et les relais. » Elle se tourna vers M. Butler et lui adressa un sourire si délicieux que Jessica crut mourir de jalousie. « N'est-ce pas, monsieur Butler, c'est bien ce que nous avions décidé ?

— Tout à fait ! approuva le professeur, avec un signe de tête.

— Quand ça ? voulut savoir Jessica qui n'en croyait pas ses oreilles. Mardi, reprit-elle d'une voix mal assurée nous avions décidé que...

— Voyons, Jessica, Lila m'a contactée hier et m'a dit que vous étiez d'accord pour que les épreuves se déroulent dans cet ordre, répondit M. Butler en fronçant les sourcils. N'est-ce pas, Lila ? J'ai eu l'impression que ce point était réglé. »

Mme Ubrich se passa la main dans les cheveux et s'éclaircit la voix.

« Je m'excuse, dit-elle, mais j'ai un autre rendez-vous dans une demi-heure...

— Désolé, madame Ubrich, répondit M. Butler, avec un regard sévère à Jessica. Nous allons nous dépêcher... »

Jessica regarda Lila. Incroyable ! Quelle hypocrite ! Ainsi, elle était en train de profiter de la situation pour l'évincer. Il n'y avait pas une minute à perdre !

« Un instant, s'il vous plaît, intervint-elle. Patty, comment marche la publicité ? Mardi, nous ne savions pas encore si nous ferions une annonce dans le journal et...

— Je m'en suis occupée, déclara Lila d'un air satisfait. J'ai demandé à papa de confier cette tâche à un des employés de son agence de publicité. Nous aurons une pleine page dans *L'Echo de Sun Valley.* »

Les yeux écarquillés de stupeur, Jessica regardait fixement sa camarade. Elle savait M. Fowler riche et généreux, mais de là à envisager qu'il achèterait une pleine page du journal pour sa fille... Ainsi, sur ce plan, Lila l'avait également supplantée!

« Mais c'est moi qui devais m'en occuper, objecta-t-elle.

— Voyons, Jessica, déclara M. Butler avec un coup d'œil à sa montre, Lila n'a cherché qu'à rendre service... Tout le monde sait parfaitement qu'avec ta cheville, tu as du mal à t'occuper de tout. Elle n'a agi qu'en toute amitié. »

Se mordant la lèvre, Jessica fit des efforts surhumains

pour ne pas donner libre cours à sa colère.

Le sourire affecté de Lila la hérissait au plus haut point. Il lui fallait coûte que coûte retrouver la direction des Mini-Jeux. Peu importe par quel moyen!

Mais comment faire? Voilà la question.

*

* *

« Tu n'as pas l'air dans ton assiette! lança Elizabeth, devant l'expression renfrognée de sa sœur. Ta cheville te fait souffrir?

— Un peu, bien sûr, répondit Jessica, en regardant son bandage. Mais ce n'est pas ce qui me préoccupe le plus!

— Steve, alors? Je sais qu'il est très fâché, mais ne t'inquiète pas, il finira par oublier... Si tu veux, je peux lui parler, proposa Elizabeth, avec une tape affectueuse sur l'épaule de sa jumelle.

— S'il a décidé de me mettre en quarantaine, libre à lui! jeta cette dernière. Ce n'est pas ça, non plus, qui me préoccupe! Il s'agit de Lila. Elle est en train de s'approprier toute l'organisation des Jeux. A mes dépens...

— Qu'est-ce que tu racontes?» s'étonna Elizabeth.

La lèvre inférieure de sa sœur se mit

à trembler. Signe chez elle, d'une grande contrariété.

« Ce n'est pas juste ! Elle profite de mon handicap pour essayer de prendre la direction du comité. Chaque fois que j'interviens, cela tourne à mon désavantage. Crois-moi, j'en ai assez ! Lila est décidée à s'occuper de tout ce que je pourrais faire moi-même... Je ne l'aurais jamais crue capable d'agir ainsi, conclut Jessica, rouge de colère.

— Peut-être pense-t-elle y arriver mieux que toi pour certaines choses, suggéra Elizabeth. Je veux dire à cause de ta santé... Elle devra te remplacer sur le terrain, tu sais...

— Ça, je l'avais oublié ! murmura Jessica en fixant sa sœur. Je ne pourrai pas participer aux Jeux... Quelle poisse !

— A mon avis, Lila ne l'a pas oublié, dit Elizabeth. Elle envisage sûrement de devoir s'occuper de tout et s'y prépare dès maintenant. Normal, à mon avis... Tu sais, les Mini-Jeux ont été organisés de façon telle que certaines personnes en sont exclues. Et je ne parle pas seulement de Pamela Jacobson ou de toi...

— Qu'est-ce que tu veux dire ? interrogea Jessica. Qui d'autre en est exclu ?

— Certains élèves de petite taille, par exemple... Jusqu'ici, on les répartissait de façon égale dans les quatre équipes, mais maintenant... Au lieu de les considérer comme inaptes, ne vaudrait-il pas mieux leur offrir des disciplines dans lesquelles ils auraient leur chance?

— Je ne sais pas, répliqua Jessica. Je ne vois pas dans quel genre de compétition quelqu'un pourrait avoir une chance contre Jerry Mac Allister, par exemple, déclara Jessica, en désignant l'un des plus grands de leur classe.

— Tu n'as guère d'imagination, aujourd'hui!» plaisanta Elizabeth avec un éclat de rire.

Elle laissa un silence s'installer. Puis jugea bon d'enfoncer le clou.

«Jess, tu oublies aussi les élèves qui ne sont pas bons en sport tout simplement, lança-t-elle. Louise Waller, par exemple...

— Tu as bien dit Louise Waller?» répéta Jessica avec une grimace.

Louise, une fille bien en chair, maladroite comme pas deux, était en sixième. Jessica et les Licornes prenaient plaisir à se moquer d'elle.

«Mais, Liz, c'est une paresseuse! s'indigna Jessica. Il lui faudrait un sacré entraînement! Est-ce que tu me suggères des Mini-Jeux où la moindre mauviette aurait autant de chance qu'un véritable athlète?

— Exactement! approuva Elizabeth en riant.

— Liz, pouffa Jessica qui commençait à comprendre, tu voudrais donc que je modifie les Jeux, de façon que Louise Waller et Pamela Jacobson puissent remporter les rubans bleus qui récompensent les vainqueurs? C'est une excellente idée mais je ne vois pas comment...

— Bien entendu, intervint Elizabeth, le bénéfice d'avoir trouvé l'idée te reviendrait...

— Qu'est-ce que tu veux dire? demanda Jessica, en dévisageant sa sœur.

— Qu'à mon avis, Lila Fowler est de nouveau atteinte du virus de l'arrivisme. Remarque, elle ne réalise sûrement pas combien elle est égoïste en agissant ainsi... Si tu soumettais un nouveau plan à M. Butler et à Mme Ubrich, un plan qui inclurait tout le monde et rendrait les Mini-Jeux totalement justes, Lila arrêterait son travail de taupe!

— Super! s'écria Jessica, les yeux brillants. Tu as raison. Lila n'a plus aucun égard pour moi. Elle ne s'est même pas préoccupée de savoir si j'avais l'intention de participer à une des compétitions. Elle ne cherche qu'à se débarrasser de moi !

— Certainement, approuva Elizabeth. Donc, poursuivit-elle en refoulant soigneusement sa propre satisfaction d'avoir aussi facilement manipulé sa sœur. Quelques petites suggestions à M. Butler devraient résoudre deux de tes problèmes. Le premier : en modifiant la formule des Jeux, tu pourras y participer. Le deuxième : tu retrouveras tes responsabilités. »

Jessica inclina la tête d'un geste qui disait toute l'admiration qu'elle éprouvait pour sa sœur.

« Ne t'ai-je jamais dit que tu es la jumelle la plus intelligente du monde ? cria-t-elle. Lizzie, passe-moi mes béquilles ! »

Elizabeth obéit.

« Où vas-tu ? interrogea-t-elle avec un sourire étrange.

— Appeler M. Butler ! Elizabeth Wakefield, tu es un génie ! Je vais tenter de le convaincre de revoir notre programme.

— Excellente idée ! » remarqua Elizabeth en la suivant du regard tandis qu'elle se démenait avec ses béquilles pour foncer jusqu'au téléphone à l'autre bout de l'entrée. Elle n'en revenait pas! Sa sœur s'était laissé convaincre avec une étonnante facilité... Pourvu que Jessica libère vite la ligne, afin qu'elle-même, elle puisse appeler

Pamela Jacobson et lui annoncer la bonne nouvelle.

*
* *

« Allô... Ah! C'est toi, Liz... » Pamela avait une drôle de voix, à l'autre bout du fil. Comme si elle était en train de pleurer, et parlait sans enthousiasme.

« Ça va? demanda Elizabeth. Je me demandais si c'était bien toi...

— Nous venons d'avoir une conversation pénible, à la maison, lui apprit Pamela à voix basse. Papa est rentré de l'hôpital plus tôt et il m'a trouvée ici. Il pensait que je fréquentais un club ou que j'étais chez des amies d'habitude. Il a été contrarié de voir que je ne sortais pas davantage... En ce moment, maman et lui sont en bas, en train de discuter. Et eux, non plus, ils n'ont pas l'air très heureux », soupira-t-elle.

Elizabeth se sentit très émue.

« Pamela, je t'appelais justement pour t'annoncer que Jessica essaie de modifier les Jeux. Si ça marche, tout le monde pourra y participer, même toi!

— Bonne idée, Liz, se contenta de dire Pamela d'une voix morne. Maintenant, il faut que je te quitte. Papa veut me parler.

— D'accord», fit Elizabeth, en proie à une vive émotion.

Une seconde plus tard, elle entendit le déclic. Pamela venait de poser le récepteur. Elizabeth raccrocha, le cœur serré. Elle aurait aimé pouvoir trouver les mots susceptibles de réconforter Pamela. Faire davantage pour elle. Cette conversation avec ses parents l'avait certainement démoralisée. Pauvre Pamela.

Pourvu que les projets concernant les Mini-Jeux n'arrivent pas trop tard, pour prouver au docteur Jacobson que Pamela avait toutes les chances de s'adapter au collège de Sun Valley! Elizabeth ne pouvait admettre que les Jacobson renoncent si vite.

Si on lui laissait une chance, Pamela ferait ses preuves elle-même.

Mais cette chance, il la lui fallait absolument. Et Elizabeth se battrait avec tout l'acharnement dont elle était capable pour la lui donner.

7

Ainsi le moment tant redouté était arrivé.

Depuis quelque temps, Pamela avait deviné que son père ne supportait plus de la savoir au collège de Sun Valley. Dès le début, il avait manifesté une telle hostilité à son changement d'établissement que le moindre incident lui fournirait l'occasion de l'obliger à retourner à Ridgedale...

A sa grande surprise, elle avait trouvé, cet après-midi-là, en rentrant à la maison, ses deux frères installés dans le salon avec leurs parents. Sam, l'aîné, était en première au lycée de Sun Valley. Sa chevelure sombre, toute bouclée, et son air avenant attiraient la sympathie. Au regard qu'il lui adressa d'emblée, Pamela comprit qu'il était de son côté.

Mais Denny avait une tout autre opinion, et Pamela ne l'ignorait pas. Elève de quatrième, il s'était rangé à l'avis paternel lorsqu'on avait parlé du choix de l'école que Pamela devait fréquenter. Denny était membre de tous les clubs du collège et excellait dans tous les sports. Pamela se disait quelquefois qu'il devait être embarrassé d'avoir sa sœur dans le même collège que lui, et cette pensée la rendait honteuse d'elle-même. Elle savait qu'elle n'était pas le type de sœur qu'il aurait souhaité. Il aurait préféré quelqu'un comme Jessica Wakefield, membre du club de la Licorne et des Boute-en-train. Et non une mauviette de son espèce, obligée de s'excuser pour son retard à chaque cours, et cela, parce qu'elle marchait trop lentement!

« Pamela, commença le docteur Jacobson, nous avons entendu parler des Mini-Jeux olympiques que ta classe organise vendredi prochain. Pourquoi ne nous en as-tu pas dit un mot? Sans Denny, nous n'aurions même pas été au courant!

— Je... Je..., balbutia Pamela, cramoisie. J'avais l'intention de vous en parler quand la date approcherait, parvint-elle à articuler.

— Ma chérie, nous ne cherchons pas à te faire subir un interrogatoire, déclara Mme Jacobson dont les yeux noirs trahissaient une grande sollicitude. Ton père et moi, nous avons peur que tu n'en aies été exclue, voilà tout!»

Pamela sentit ses yeux s'embuer. Il était déjà si difficile de se sentir écartée de tant de choses, mais quel supplice de devoir en plus en informer sa famille!

«Les Jeux sont très sportifs, dit-elle, la gorge serrée. J'espérais participer d'une autre façon, en rédigeant l'édition spéciale du journal du collège, par exemple...»

Le docteur Jacobson la considéra un instant d'un air sévère.

«Pamela, nous ne voulons pas te mettre dans une situation difficile. Si tu ne veux pas participer aux Jeux, ce n'est pas ta faute. Nous essayons simplement d'en savoir un peu plus sur ta vie au collège, de façon à prendre une décision raisonnable sur ce qui est le mieux pour toi.»

«Raisonnable», se répéta Pamela, meurtrie. Son père utilisait souvent ce mot. Parce qu'il était médecin, peut-être... Selon lui, il fallait toujours découvrir ce

qui n'allait pas pour se consacrer ensuite à la recherche de la meilleure solution. Elle savait bien qu'il n'était peut-être pas « raisonnable » pour elle de rester au collège de Sun Valley dans de telles conditions. A Ridgedale, on s'occupait mieux d'elle. Il n'y avait que huit à dix élèves par classe. A Ridgedale, elle n'était amenée à prendre aucun risque. Elle aurait pu y terminer le premier cycle, elle n'aurait jamais été gênée en essayant de faire des choses qui n'étaient pas à sa portée.

Mais elle refusait tout cela. Elle voulait prendre le risque. Elle voulait prouver qu'elle était capable de faire quelque chose de difficile, que, pour une fois, elle n'avait pas besoin de protection. Pamela avait toujours souhaité être traitée de la même façon que Denny.

Tout le monde attendait beaucoup de lui, et il ne décevait jamais personne. Toujours reçu à ses examens, il avait des tas d'amis, réussissait dans tous les sports... Lorsqu'il était en sixième, Denny n'avait-il pas remporté trois rubans bleus, aux Mini-Jeux olympiques ?

« Ton père a peur que tu ne sois isolée dans cette école, déclara Mme Jacobson en passant un bras autour des épaules de sa fille. Il craint que tu ne te sois pas fait beaucoup d'amies. Qu'en dis-tu, ma chérie ?

— J'ai des amies, maman...

— Alors pourquoi ne viennent-elles pas à la maison ? demanda le docteur Jacobson. Ma chérie, je ne cherche pas à te blesser, ajouta-t-il, devant le regard désespéré de sa fille. J'essaie seulement de voir un peu mieux à quoi ressemble ta vie. Peux-tu m'aider ?

— Tu sais, papa, commença Pamela en soupirant, il faut du temps... Bien sûr, les choses ne vont pas vite, mais il est toujours difficile de s'intégrer dans une nouvelle école.

— Et il te faudra combien de temps pour le faire, selon toi ? questionna son père avec beaucoup de tendresse. Nous voulons te prêter notre soutien, mais nous refusons de te voir souffrir...

— Nous avions dit un an ! cria Pamela, au supplice. Vous m'aviez promis que je resterais au collège de Sun Valley toute l'année de sixième.

— Mais nous ignorions comment cela se passerait... Personne ne le savait, lui rappela son père. Pour le moment, je me demande si tu en as toujours envie ou si tu souhaites retourner à Ridgedale plus tôt... Le mois prochain, peut-être... »

La lèvre inférieure de Pamela se mit à trembler.

« Je veux rester », murmura-t-elle.

Sa mère l'embrassa, les yeux pleins de larmes.

« Tu fais une énorme erreur ! » déclara Denny, l'air indigné. Il se leva et quitta la pièce.

« Denny se trompe, dit Pamela d'un air triste. Je crois que j'ai une chance dans cette école. Il me faut juste un peu de temps ! »

Personne ne fit la moindre remarque. Au bout d'une minute, Pamela trouva le silence insupportable. Elle se leva du canapé, traversa le salon puis l'entrée pour gagner sa chambre, située à l'étage.

Elle referma sa porte derrière elle et donna libre cours à son chagrin. Il fallait qu'elle réfléchisse. Et elle avait besoin d'être seule.

*
* *

Pamela était si malheureuse qu'elle avait du mal à se concentrer sur le roman policier d'Amanda Howard qu'elle était en train de lire. Installée dans un confortable fauteuil de la bibliothèque municipale, elle sentait ses yeux se remplir de larmes et les mots, sur la page, se brouillaient.

« Amanda Howard! s'écria Elizabeth, surprise. Deux fois dans la même semaine! C'est à croire que toi et moi, nous sommes extra-lucides! »

Pamela esquissa un faible sourirc mais aussitôt Elizabcth comprit qu'il se passait quelque chose de vraiment grave.

« Ça va? demanda-t-elle en prenant une chaise pour s'installer près d'elle.

— Oui, fit Pamela d'une voix triste. J'ai beaucoup réfléchi... Tout me semble si confus! Papa veut que je retourne à Ridgedale le mois prochain... », finit-elle par avouer.

Le cœur d'Elizabeth se serra.

« Vous en avez discuté?... Pamela, je sais que tu es capable de réussir, au collège de Sun Valley...

— Je n'en suis plus très sûre, répondit Pamela en secouant la tête. Papa a peut-être raison. Et puis, à quoi bon rester à Sun Valley quand tout se complique? Elizabeth, je ne suis pas faite pour fréquenter une école comme les autres, je suis faite pour vivre avec des gens comme moi. J'ai besoin d'aide, d'attentions particulières... »

Elle eut un mouvement de tête : elle venait de tenir le même raisonnement que son père.

Il lui semblait qu'elle avait appris par cœur ce qu'il lui avait dit.

« Je ne suis pas de ton avis, déclara Elizabeth. Il te faut essayer, Pamela! Tu ne crois pas qu'il est important, pour des élèves dits "normaux", de fréquenter des élèves dits "particuliers"?

— Que veux-tu dire?

— Je veux dire que, au train où vont les choses dans les écoles, il y a toutes sortes d'exclus. A moins d'être une beauté, ou un champion sportif, ou encore d'une grande élégance, personne ne vous remarque. Et la plupart des gens ne sont rien de tout ça! Pense à tous les garçons et filles que tu connais à l'école, et qui ne sont pas bons en sport! Imagine ce qu'ils doivent souffrir, au cours de gym ou à l'occasion des Mini-Jeux!

— Je n'y avais pas songé, avoua Pamela, pensive. Mais je me rends compte des problèmes de ta sœur, avec son entorse.

— Ce n'est pas la même chose, lança Elizabeth. La cheville de Jessica sera guérie dans quelques semaines. Je pense davantage à des gens comme Louise Waller, qui sont, de nature, de très mauvais sportifs. Ou à Jimmy Underwood... »

Jimmy était l'un des garçons les plus petits des sixièmes et, même s'il avait de bons résultats scolaires, on ne le choisissait que très rarement pour entrer dans une équipe.

Pamela ne semblait pas convaincue.

« Ne pas être bon en sport est une chose. Mais être handicapé, c'est autre chose ! répliqua-t-elle. Je ne peux même pas *essayer*, à Sun Valley. Et je crois que mon père a raison. Il ne s'agit pas d'un endroit recommandé pour ma santé. J'ai besoin de vivre avec des gens comme moi ! »

Aucun des arguments qu'elle pourrait avancer ne modifierait la pensée de Pamela, Elizabeth en avait la conviction. Mais la décision que sa camarade venait de prendre lui paraissait terrible. Elle avait hâte de rentrer à la maison afin de retrouver Jessica. Si cette dernière voulait modifier la formule des Mini-Jeux, il n'y avait pas une minute à perdre.

De toute évidence, c'était la seule chance de voir Pamela Jacobson revenir sur sa décision.

« D'accord, d'accord ! dit Jessica en se

propulsant vers l'évier. Je ne peux pas attendre que cette maudite cheville aille mieux, ajouta-t-elle avant d'emplir un verre d'eau et de boire une gorgée. Recommence, veux-tu, Elizabeth ? Pamela aurait donc des ennuis à cause des Mini-

Jeux? Et c'est pour cela qu'elle envisage de quitter l'école et de retourner à Ridgedale?

— Son père veut qu'elle y retourne le plus tôt possible, déclara Elizabeth d'une voix triste. Jessica, je suis très ennuyée pour elle. A mon avis, il faudrait que tu l'engages dans le comité des Jeux.

— Ce n'est pas une mauvaise idée, murmura Jessica, l'air pensif, tout en avalant à nouveau un peu d'eau. Il vaudrait peut-être mieux que j'emmène Pamela avec moi : ainsi M. Butler et Mme Ubrich seraient touchés par son cas. Et ils ne pourraient pas refuser de le prendre en considération, devant elle.

— Sois prudente... Pamela est très sensible.

— Je le sais, dit Jessica. Pamela et moi, nous avons passé pas mal de temps ensemble, tu te souviens? Sur les gradins, au cours de gym.

— A mon avis, c'est une excellente idée, reconnut Elizabeth. Quand penses-tu rencontrer les autres membres du comité?

— J'ai appelé M. Butler pour lui demander si nous pouvions tenir une assemblée extraordinaire ce soir. Les Mini-Jeux ont lieu dans une semaine et, si nous voulons changer le programme, il ne faut pas perdre de temps.

— Très bien, dit Elizabeth. De mon côté, j'essaierai d'obtenir de M. Bowman qu'il m'aide à faire en sorte que Pamela travaille à l'édition spéciale du *Petit Fouineur de Sun Valley.* »

Elle chassa à deux mains les cheveux blonds qui envahissaient son visage, une sorte de tic qu'elle avait lorsqu'elle réfléchissait à quelque chose lui tenant au cœur.

« Si nous parvenons à enrôler Pamela, elle ne pensera peut-être plus à Ridgedale... », déclara-t-elle.

Jessica ne fit pas de commentaire.

L'endroit où Pamela Jacobson allait à l'école ne constituait pas son souci majeur. Elle voulait surtout avoir la certitude de retrouver la direction des Mini-Jeux olympiques... Et montrer une fois pour toutes à Lila Fowler qui commandait !

8

Une demi-heure plus tard, Jessica sonnait chez les Jacobson. Elle souhaitait vivement que Pamela puisse l'accompagner à la réunion. Le trajet jusqu'ici lui avait donné un mal fou.

Un homme de petite taille aux cheveux noirs, que Jessica supposa être le père de Pamela, lui ouvrit.

« Bonsoir ! dit-il d'un air étonné.

— Je m'appelle Jessica Wakefield, annonça poliment Jessica. Est-ce que Pamela est là ?

— Oui... Dans sa chambre. Je vais la

chercher... J'imagine que vous souffrez beaucoup», remarqua le docteur Jacobson avec un coup d'œil à la cheville de Jessica. A première vue, il semblait heureux de cette visite.

Jessica approuva d'un signe de tête. Ses yeux brillèrent lorsqu'elle aperçut Denny Jacobson dans l'entrée.

«Salut, Denny!» lança-t-elle avec enthousiasme tout en pénétrant dans la maison au prix d'un gros effort.

Denny était l'un des plus beaux garçons de quatrième. Coquette de nature, Jessica s'aperçut qu'elle

pouvait trouver quelque avantage à la fréquentation assidue de Pamela.

« Comment as-tu fait pour te fouler la cheville ? voulut savoir Denny avec un sourire.

— J'essayais une nouvelle figure avec les majorettes », répondit-elle, préférant ce petit mensonge à la vérité. Et puis, elle savait que Denny aimait bien les Boute-en-train.

Hélas ! l'arrivée de Pamela mit fin à la conversation avec Denny.

« Salut, Jessica ! » s'exclama-t-elle, l'air plus surpris de la voir ici que M. Jacobson. Elle lança un rapide coup d'œil à son père. « Tu vois ? disait-il, on vient à la maison pour me voir... »

« Pamela, il faut que je te parle des Mini-Jeux olympiques, dit Jessica, sans remarquer le saisissement qui s'inscrivait sur le visage de Denny. Est-ce que nous pouvons nous asseoir quelque part pour bavarder ? J'ai vraiment besoin d'avoir ton avis...

— Bien sûr, répliqua Pamela, les yeux écarquillés. Je ne vois pas quel conseil je pourrais te donner, mais si j'ai la possibilité de t'aider, je le ferai avec plaisir. »

Jessica se retrouva bientôt installée sur le couvre-lit de la chambre de Pamela. Un coup d'œil aux alentours... Elle réprima un soupir : tout était si bien rangé, pire encore que chez Elizabeth ! Ni affiches de chanteurs rock, ni vêtements entassés sur la moquette. Bref, rien de ce qui, selon Jessica, rendait une pièce agréable à vivre et montrait qu'elle était habitée. Toutefois, elle n'était pas venue pour inspecter la maison des Jacobson.

Elle n'avait pas beaucoup de temps, et elle devait agir avec Pamela sans commettre d'impair.

« Elizabeth t'a dit que la formule actuelle des Mini-Jeux n'est pas juste ? commença-t-elle, allant droit au but.

— Elle m'en a parlé, répondit Pamela. Mais je ne vois pas comment la modifier. Toutes les compétitions comportent une part d'injustice. Si elles étaient *justes*, cela deviendrait lassant...

— Je ne sais pas, se contenta de dire Jessica, fronçant les sourcils. Bien sûr, les compétitions sont nécessaires. Mais ne crois-tu pas que les épreuves devraient s'adresser à différentes sortes de talents, au lieu de se borner aux sports ? A la façon, dont Lila a prévu les choses, des gens comme toi et moi se retrouvent complètement exclus.

— J'ignorais que seule Lila voulait organiser les Jeux de cette façon, déclara Pamela, surprise.

— On a du mal à l'imaginer, n'est-ce pas? lança Jessica, en regardant sa compagne d'un air triste. Elle a l'air si gentil et tout... Crois-moi, Pamela, j'ai fait tout mon possible pour que le comité ait les idées plus larges... Entre nous, confia-t-elle en baissant la voix, je crois qu'à ce stade, Lila et moi, nous allons devoir jouer cartes sur table!

— Eh bien! fit Pamela les yeux écarquillés.

— J'ai besoin que tu m'aides, continua Jessica. Tout d'abord, parce que je ne connais rien en matière de compétitions spécialisées. J'imagine que vous aviez des Mini-Jeux, aussi, à Ridgedale, non?

— Bien sûr, approuva Pamela. Nous avions des courses de fauteuil roulant, et des tas de concours accessibles à tous. Des trucs qui exigent plus de réflexion que de force. Moi, j'étais très forte aux fléchettes, une vraie championne! s'esclaffa-t-elle.

— C'est exactement ce à quoi j'avais pensé! exulta Jessica. Pourquoi ne pas organiser aussi une course avec des béquilles?» ajouta-t-elle, un peu honteuse.

Elle avait la conviction que vendredi prochain elle serait suffisamment experte, sur ses béquilles, pour battre tout le monde.

« Mais tu es vraiment certaine que le comité veut changer la formule des Jeux ? demanda Pamela. Je pensais qu'il s'en satisfaisait.

— Quelques-uns sans doute, déclara Jessica, ignorant le fait qu'elle-même, avant sa blessure, se montrait plus que satisfaite du programme. Pamela, poursuivit-elle, peu importe si les gens sont satisfaits ou non. Il faut qu'ils sachent que tout le monde n'est pas capable de lancer le disque, de courir à toute vitesse ou de faire de l'escalade. »

Sous le coup de l'enthousiasme, elle s'animait pour cette idée, oubliant qu'Elizabeth la lui avait soufflée.

« Jessica, tu es vraiment étonnante ! s'écria Pamela, folle de joie. Si tu arrives à faire changer les choses, à convaincre le comité...

— Bien sûr que j'y arriverai ! coupa Jessica. Plus précisément, *nous* les ferons changer, rectifia-t-elle avec un coup d'œil à sa compagne. Il me semble que M. Butler et Mme Ubrich envisageront d'autant plus volontiers les changements que j'ai l'intention de le leur proposer! Accompagne-moi à la réunion, ce soir, histoire de leur montrer combien ils ont été injustes jusqu'ici... Tu veux bien? Tu viens avec moi?

— Pourquoi pas? dit Pamela. Cela paraît une excellente idée. Si je peux t'aider, j'aurai fait au moins *une* chose utile, avant de quitter le collège de Sun Valley... Et peut-être pourrai-je participer à une épreuve?» ajouta-t-elle, pleine d'espoir.

Jessica se leva avec peine et saisit ses béquilles.

«On inclura des fléchettes dans le programme, assura-t-elle en souriant. Il y a quelques champions au collège, tu sais, tu auras affaire à forte partie! Tu penses que ton père et ta mère voudront bien nous conduire jusqu'à l'école? Je dois y retrouver les autres...

— Aucun problème.

— Alors, allons-y! s'écria Jessica. A nous deux, nous parviendrons à les convaincre, j'en suis sûre!»

«Et, du même coup, nous empêcherons Lila Fowler de continuer à se conduire de cette façon si répugnante!» pensa-t-elle avec satisfaction.

Elle ferait ainsi d'une pierre deux coups. Pas mal, hein?

« Hum... Hum... », fit M. Butler en ôtant ses lunettes. Fronçant les sourcils, il fixa Jessica et Pamela. « Je reconnais que vous êtes très convaincantes, toutes les deux. Jessica, pourquoi n'as-tu pas soulevé ce problème plus tôt?

— Je n'osais pas. Je craignais que mes idées ne choquent, précisa cette dernière en regardant Lila avec insistance.

— C'est à moi que tu penses, je suppose? remarqua Lila d'une voix cassante tandis que son joli visage se contractait sous l'effet de la colère.

— Lila, je t'en prie, dit Mme Ubrich. Le point de vue de Jessica et de Pamela me paraît tout à fait légitime. Et nous devons le considérer avec beaucoup d'attention. Je ne vois pas ce qu'une dispute apporterait de bon!

— Mais le programme est défini, maintenant, déclara Lila d'une voix plaintive. Nous avons passé un temps fou pour cela, et puis, les Jeux commencent dans une semaine à peine...

— Au départ, je partageais l'opinion de Lila, intervint Jessica, en secouant la tête, après s'être éclairci la voix. Je me disais

que, puisque tout avait été planifié, nous n'avions plus le temps d'opérer des changements. Et puis, je me suis rendu compte que j'agissais par simple paresse. Je me comportais vraiment comme les gens qui savent qu'ils pourraient agir pour changer les choses, et qui ne le font pas, de peur des complications.

— Formidable! Formidable! s'écria Mme Ubrich en frappant

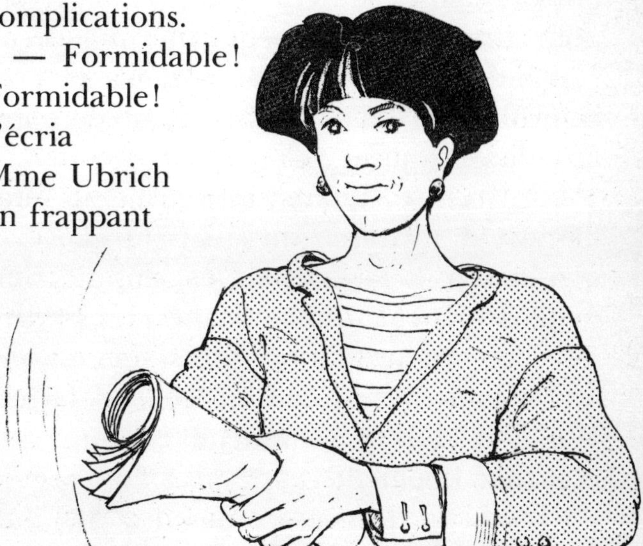

le bord de sa chaise avec le rouleau de copies qui contenait les projets des Jeux.

— Avant de te fouler la cheville, tu ne te souciais guère de ceux qui nécessitent une “attention particulière”, remarqua Lila, le visage crispé de colère. A mon avis, une seule chose t'importe : que *tu* puisses participer !

— Lila, tu n'as pas le droit de penser ça..., la réprimanda M. Butler.

— Monsieur Butler, intervint Jessica, Lila a raison, en partie. Jusqu'à ce que je me fasse cette entorse, je n'avais jamais saisi ce que représentait le fait d'accomplir des choses simples dans un monde fait pour des gens sans béquilles, ni fauteuil roulant. Une semaine à me débattre avec ce problème, et j'ai compris combien notre monde est injuste. »

Elle secoua la tête. Elle allait aborder l'aspect dramatique du sujet. Et elle évoqua bientôt la façon dont les gens dits normaux traitaient les handicapés, les laissant de côté. Sa prestation fut si émouvante que même M. Butler en eut les larmes aux yeux. Lila, en revanche, continua à la regarder fixement.

« Eh bien, Jessica, commença M. Butler, personnellement, je t'accorde le droit d'opérer des modifications que tu jugeras nécessaires. Qu'en pensez-vous, madame Ubrich ?

— A mon avis, ces deux jeunes filles méritent une récompense particulière, déclara Mme Ubrich en applaudissant, rayonnante. Jessica Wakefield, je vais essayer d'obtenir le prix du Service civique de l'APE. Tu es une jeune fille exceptionnelle ! Vraiment, tu mérites une récompense ! »

Une moue de dépit s'inscrivit sur le visage de Lila, sa lèvre inférieure se fit proéminente, tandis que Jessica et Pamela prenaient rendez-vous avec M. Butler pour le lendemain. Ils avaient l'intention de revoir le programme des Jeux. Lorsque les adultes eurent quitté la salle, Lila entreprit de dire à Jessica ce qu'elle pensait.

« Tu n'es qu'une sale vermine ! cria-t-elle, furieuse. Pourquoi as-tu tout détruit avec tes histoires ? J'avais fait du bon travail !

— Lila, tu agis comme si j'avais uniquement des raisons personnelles de vouloir des changements. N'oublie pas ce qu'a dit Mme Ubrich ! Les idées de Pamela et les miennes sont bénéfiques à toute l'école, pas vrai, Pamela ?

— Oui », répondit celle-ci en regardant le programme des Mini-Jeux avec un froncement des sourcils. La dispute de Jessica et de Lila ne l'intéressait pas beaucoup, elle aurait mieux aimé se consacrer aux modifications de ce programme.

En réalité, elle brûlait d'impatience de commencer.

*
* *

« Steve, s'écria Jessica, de la cuisine, je sais que tu m'as mise en quarantaine, mais peux-tu venir un instant pour m'aider ? Je ne peux pas porter mon petit déjeuner et me servir de mes béquilles en même temps.

— De toute façon, la quarantaine est terminée ! » déclara Steven après l'avoir délestée de son plateau. Il entreprit de se servir une large portion de pop-corns qui se trouvait devant sa sœur. « Je viens d'avoir à nouveau des pressentiments, ajouta-t-il d'un air satisfait. Quelque chose me dit que tu as des ennuis...

— Je croyais que tu en avais fini avec ton sixième sens, grommela Jessica en le suivant dans le salon.

— Ça revient... Je peux t'aider ? »

Jessica jugea bon d'ignorer la proposition. Au lieu de parler des étranges dons de son frère, elle évoqua la réunion passée et les changements que Pamela et elle allaient apporter aux Mini-Jeux.

« Mon sixième sens me dit que tout ça a un rapport avec ta cheville, dit Steven d'une voix sèche. J'ai comme une petite idée que tu veux avoir l'assurance de gagner quelques épreuves, n'est-ce pas?

— Tu te trompes! cria Jessica en lui jetant un coup d'œil glacial. Pour ton information, sache que Mme Ubrich pense que je vais recevoir le prix du Service civique, cette année.

— Mon œil! se moqua Steven. Le seul Service qui compte, c'est le Service de Jessica Wakefiled! Plus égoïste que toi, connais pas!

— Attends, et tu verras bien! »

En son for intérieur, Jessica aimait la perspective de recevoir une récompense pour s'être occupée des autres. Elle considérait cela comme l'aboutissement normal d'une longue tâche nécessitant de gros efforts. Elle avait hâte de travailler à nouveau à l'organisation des Mini-Jeux olympiques. Cette fois, Lila Fowler n'aurait qu'à bien se tenir!

9

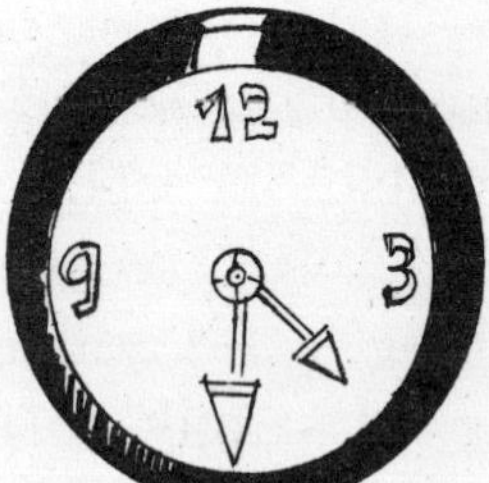

A sa grande surprise, Jessica s'aperçut qu'il était déjà quatre heures et demie. La journée s'était écoulée si vite! Ce dimanche-là, installées dans le sous-sol de la maison des Jacobson depuis midi, Pamela et elle avaient travaillé dur. Tout autour d'elles, des papiers éparpillés. Près de Jessica, un tas de carnets dans lesquels étaient consignés les rapports des Mini-Jeux précédents. Jessica les avait empruntés à M. Butler.

« Bizarre que personne n'ait jamais critiqué la façon dont les Jeux étaient organisés jusqu'ici, remarqua-t-elle en parcourant les comptes rendus des Jeux datant de plusieurs années auparavant.

— Tu sais, les gens n'aiment guère le changement, observa Pamela. C'est pourquoi ceux qui en ont envie, comme toi et moi, par exemple, ont autant de mal. Nous n'avons pas ménagé notre peine! Il nous a d'abord fallu rappeler que nous existions, puis convaincre les autres de faire quelque chose pour nous!

— A mon avis, toutes les deux, nous resterons dans les annales du collège de Sun Valley», dit Jessica.

Elle ne pouvait s'empêcher de penser, en secret, que ce serait elle, probablement, qui retirerait tout le bénéfice de l'opération. Quoi qu'il en soit, tout le monde au collège la prenait pour une sainte, pour aider ainsi Pamela. Au début, quand la nouvelle avait éclaté, personne n'y croyait. Ainsi, Jessica aurait convaincu M. Butler et Mme Ubrich de lui laisser organiser toute la journée des Mini-Jeux de façon différente! Balivernes! Et puis, la chose avait été confirmée.

Et bientôt on apprenait que selon Jessica il était injuste de ne pas prévoir des disciplines dans lesquelles *tout le monde* aurait sa chance. Ainsi, même les petits, ou les

nuls en sport, ne seraient plus tenus à l'écart!

Les jours suivants, on arrêtait sans cesse Jessica dans les couloirs. Tout le monde voulait savoir quand lui était venue cette idée, comment elle avait trouvé le courage de la proposer à M. Butler, si Lila et elle avaient rompu, selon les bruits qui couraient, et enfin, si le changement de programme des Jeux avait un lien avec son entorse. Jessica adopta la modestie. Après tout, elle deviendrait sous peu une citoyenne célèbre. Aussi, se contentait-elle de sourire avec grâce, et, tout en repoussant ses cheveux, elle avouait avoir toujours pensé que les compétitions sportives étaient injustes. Et qu'il était temps d'y remédier...

«Jessica, tu as l'étoffe d'un chef, lui dit Caroline Pearce, pleine d'admiration, le vendredi matin. Tu devrais peut-être te présenter au Conseil des élèves.»

Les élections approchaient et Jessica ne pouvait s'empêcher de reconnaître que Caroline pourrait avoir une bonne idée. Jusqu'ici, elle n'avait jamais été attirée par ce genre de fonction. Lorsqu'Elizabeth lui avait proposé de se présenter pour le poste de trésorier, Jessica avait aussitôt objecté qu'elle ne voyait rien de plus ennuyeux que de rester assis à discuter des heures durant avec les représentants du corps enseignant. Elle préférait mille fois s'amuser avec les Boute-en-train ou faire des emplettes au centre commercial ! Mais, maintenant, elle considérait les choses sous un jour différent. C'était amusant d'avoir la vedette, finalement !

« Après tout, pensait-elle, rêveuse, en lisant distraitement les anciens records, il n'est peut-être pas désagréable de briguer les fonctions officielles... Jessica Wakefield, première femme président des Etats-Unis... »

« Tu fais un travail formidable ! » s'exclama Pamela. Elle avait les yeux légèrement embués. « Tu sais, j'ai une chance folle de vous connaître, ta sœur et toi. Ces derniers jours, aller à l'école m'a paru une chose beaucoup plus drôle ! »

Son père avait dû remarquer un changement. Elle en avait la conviction. A plusieurs reprises, il s'était félicité des fréquentes visites de Jessica.

Jessica s'alarma. Défendre ses prérogatives et réorganiser les Jeux était une chose. D'autant qu'elle en retirerait la majeure partie des bénéfices. Mais elle ne voulait pas que Pamela se fasse des idées. Une fille charmante, bien sûr, mais Jessica avait toujours été très difficile sur le choix de ses amis... Rien à voir avec Elizabeth, toujours attirée par des portes de prison, comme Amy Sutton! Jessica espérait que Pamela ne la suivrait pas partout, et qu'elle ne lui demanderait pas d'entrer dans le club de la Licorne ou autre.

Mais elle ne lui paraissait pas le genre de filles à avoir de telles idées. Lorsqu'elles se remirent toutes deux au travail, Jessica se sentit rassurée. Elle aimait venir chez les Jacobson, en particulier lorsque Denny était dans les parages.

« Ton frère est très sympa, avoua-t-elle à Pamela, comme elles commençaient à dresser la liste des nouvelles épreuves. Il a une petite amie à l'école?

— Il ne s'intéresse pas aux filles, et surtout pas à moi», lui confia Pamela en secouant la tête.

Quel dommage! Elle qui avait espéré en secret qu'il la remarquerait, d'autant qu'elle venait chez les Jacobson de plus en plus souvent! Quand il la connaîtrait mieux, il changerait peut-être d'opinion au sujet des filles...

«Ce soir, Janet Howell et Ellen Riteman viennent à la maison, annonça Jessica à Pamela. Je vais leur montrer nos projets. Veux-tu te joindre à nous?

— Non, mais je te remercie pour l'invitation, répondit Pamela. J'ai promis à papa de ne pas sortir ce soir. Il me trouve un peu surmenée.

— Tant pis», fit Jessica tout en rassemblant ses affaires. «Ça tombe bien», pensa-t-elle.

Ainsi, elle avait l'assurance de retirer, pour elle-même, tout le bénéfice de leurs longues heures de travail.

*
* *

«J'ignorais que tu viendrais toi aussi», déclara Jessica à Lila.

Comment cette dernière pouvait-elle porter de tels vêtements? se demanda-t-elle. Elle aurait pu sortir tout droit du magazine *Salut les filles!* avec ses bottes et sa jupe en daim!

«Désolée, répliqua Lila avec froideur tout en s'engouffrant dans la maison.

— Montons dans ma chambre», s'empressa de lancer Jessica qui venait d'apercevoir Steven. Pour rien au monde, elle n'aurait voulu qu'il l'entreprenne avec ses histoires de sixième sens, devant ses amies.

Dès la porte refermée, Jessica annonça avec fierté que les Jeux avaient complètement été repensés. Ouf! Steven n'était plus en vue!

« Nous aurons toujours quatre équipes, annonça-t-elle. Mais personne ne peut s'inscrire à une discipline particulière. Je m'explique : supposons que vous ayez quelqu'un comme Winston Egbert dans votre équipe. Vous n'avez pas le droit de le faire concourir dans sa spécialité. Au début d'une épreuve, un représentant de chaque équipe tirera un morceau de papier d'un chapeau. Chaque membre d'une équipe possède un numéro. Si votre numéro sort, vous participez à l'épreuve. Ainsi tout est parfaitement juste, tout le monde a sa chance.

— Mais les bons en sport ne sont-ils pas avantagés? objecta Janet.

— Nous avons mis en place des types de compétitions dont certains vont exiger force ou vitesse. En revanche, beaucoup d'autres ne demandent qu'intelligence ou adresse. Par exemple : jouer aux fléchettes ou reconstituer des puzzles. Deux personnes de chaque équipe seront tirées au sort, et elles devront se débrouiller... Nous aurons aussi un concours de “lits à faire” : à celui qui sera capable de faire un lit en un temps record, et avec des coins parfaits, en plus ! Et puis, il y aura une course dans laquelle les coureurs devront porter un œuf dans une cuillère. Et des épreuves avec de l’eau... »

*
* *

« Ridicule ! s’écria Lila l’air renfrogné. Qui a déjà entendu parler de course de “lits à faire” dans les Mini-Jeux ?

— Il y a des tas de trucs dans ce genre », répliqua Jessica d’une voix calme. Elle sourit et poursuivit : « Nous avons aussi organisé une compétition appelée “Croquet à béquilles”. On aménagera un terrain de croquet, mais les participants devront utiliser des béquilles, l’une pour avancer, l’autre pour frapper la balle.

— Et comme par hasard, tu vas tirer le bon numéro pour y concourir, siffla Lila.

— Je ne te comprends pas, répondit Jessica, feignant d’être blessée par ces paroles. Je m’efforce de modifier les Jeux de façon à les rendre amusants pour tout le monde, et toi, tu n’es pas chic !

— Pas chic! répéta Lila, furieuse. Comment pourrais-je l'être quand tu te bornes à changer les choses uniquement pour pouvoir participer!

— Tu mens! rétorqua Jessica. J'ai pensé à Pamela et à d'autres qui ont des problèmes comme elle!

— Arrêtez, toutes les deux, supplia Ellen.

— Si tu avais vu Jessica minauder avec M. Butler et Mme Ubrich! s'exclama Lila

d'une voix aigre. Ecœurant! Je savais qu'elle ne pensait qu'à elle, et Mme Ubrich qui en faisait presque une sainte! C'est horrible!

— Depuis que tu as été désignée comme vice-présidente, tu m'en veux! lança Jessica, dont les yeux jetaient des éclairs. Tu devrais me soutenir. Je crois avoir eu une bonne idée, et j'aurais apprécié ton aide. Mais tu n'arrêtes pas de me faire passer pour une sale égoïste.

— C'est plus fort que moi, grommela Lila. Je voulais que les Jeux se déroulent exactement comme l'année dernière, et toutes les années précédentes. »

Jessica allait répliquer mais l'expression qui se peignait sur le visage de Janet l'en empêcha. Après tout, Janet était la cousine de Lila. Difficile de connaître leurs sentiments réciproques... Mais Jessica devait veiller à ne pas porter tort à sa propre position dans le club de la Licorne. Savoir si elle n'aurait pas dû se montrer moins catégorique?

Elle avait toutefois la certitude de pouvoir compter sur M. Butler et Mme Ubrich. Et cela seul importait au fond. De toute évidence, Janet et Ellen reconnaissaient la valeur de ses initiatives, et l'APE la récompenserait. Si elle évitait de se disputer avec Lila en présence de Janet, Jessica aurait l'impression de sortir vainqueur de tout cela. Et vendredi, devant son succès, Lila regretterait d'avoir douté d'elle.

*
* *

« Jessica », appela Mme Wakefield en entrant dans la chambre de sa fille. La demie de neuf heures venait de sonner, et Jessica se remettait à ses devoirs de maths. Les événements de la journée l'avaient fatiguée, mais il n'y avait pas d'autre solution : ne pas les faire, c'était s'attendre à une punition.

« Oui, maman, répondit Jessica.

— Ton père et moi venons de parler, et nous voulons que tu saches combien nous sommes fiers de toi. Ce que tu as fait durant la semaine exige un vrai courage. Il t'aurait été plus facile de laisser les choses en l'état. Et tu as cherché à opérer des changements. Ton action aura des retentissements non seulement cette année, mais aussi toutes les années à venir. »

Jessica n'en croyait pas ses oreilles. Sa mère ne lui avait jamais parlé comme ça !

« Nous avons fait part de notre fierté à Steve et à Elizabeth. Et je suis sûre qu'ils la partagent ! »

De plus en plus incroyable ! « Ainsi Steve aurait apprécié d'entendre chanter mes louanges ! » pensa Jessica. Mais elle n'eut pas à attendre longtemps avant de connaître la réaction de son frère et de sa sœur.

« Je n'arrive pas à croire que tu aies pu faire un tel travail de sape auprès des parents ! » lança Steven, quelques minutes plus tard, alors que Mme Wakefield était déjà redescendue.

Elizabeth et lui s'étaient précipités dans la chambre de Jessica, après avoir entendu chanter ses louanges dans le salon.

« Tu les as trompés ! J'ai eu beau leur certifier que mon sixième sens me permettait d'assurer que, dès la guérison de ta cheville, tu ne te soucierais plus des handicapés, ils n'ont pas voulu me croire !

— Je te remercie, Steve, répliqua sèchement Jessica. Rien ne vaut la cote de confiance d'un grand frère, comme je l'ai toujours pensé ! Toi aussi, tu me prends pour une hypocrite ? » demanda-t-elle en jetant un coup d'œil offensé à Elizabeth.

Celle-ci ne trouva rien à répondre. Elle

aurait aimé croire que Jessica était devenue tout à coup pleine de bonne volonté... Mais elle ne pouvait s'empêcher de penser qu'il y avait des traces de vérité dans les propos de Steven.

La cheville de Jessica était en voie de guérison. Sans trop tarder, la vérité éclaterait. On saurait alors ce que signifiait la nouvelle attitude de Jessica.

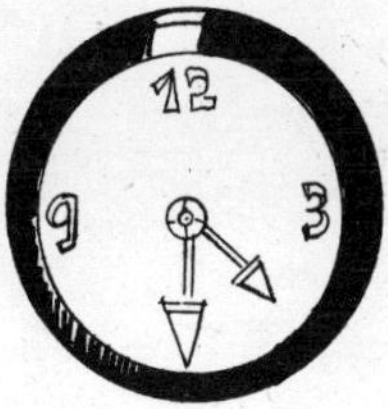

10

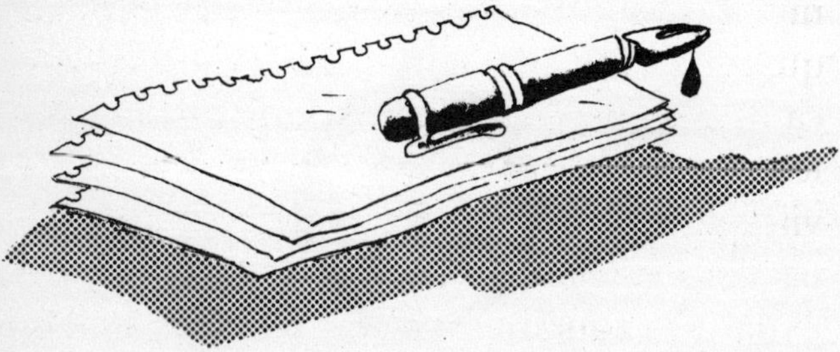

« Tu crois vraiment avoir le temps d'écrire un article sur les changements que Jessica et toi, vous avez apportés, pour les Mini-Jeux ? » demanda Elizabeth à Pamela, assise près d'elle dans la bibliothèque de l'école.

Elizabeth lui avait expliqué le fonctionnement du *Petit Fouineur de Sun Valley*. M. Bowman voudrait certainement le brouillon définitif de l'article le jeudi après-midi, de façon qu'il soit prêt pour l'édition spéciale du vendredi.

« Je n'ai jamais écrit quelque chose de

ce genre, mais je pense pouvoir y arriver, assura Pamela, pensive. Elizabeth, tu ne trouves pas bizarre la façon dont les événements s'enchaînent ?

— Que veux-tu dire ? voulut savoir Elizabeth avec curiosité.

— Eh bien... J'avais déjà envisagé d'écrire un article pour le journal, et puis... J'avais peur de ne pas y parvenir. Au fond de moi-même, il me semblait que je n'avais même pas envie d'essayer. A cause de toutes les déceptions causées par le fait de toujours être exclue des activités auxquelles j'avais vraiment envie de participer. Comme les Boute-en-train, par exemple, conclut Pamela avec un sourire timide. Tu sais, Elizabeth, il n'y a pas que les élèves de Sun Valley qui ont besoin d'apprendre ce que représente le fait d'être handicapé. C'est nécessaire pour moi aussi.

— Mais... Je ne vois pas ce que tu as besoin d'apprendre ? » s'étonna Elizabeth.

Pamela eut l'air de réfléchir, comme si elle cherchait la meilleure façon de formuler ce qu'elle voulait dire.

« Depuis mon arrivée au collège, je ne pense pas avoir rendu les choses particulièrement simples. Bien sûr, il est facile de s'en prendre à mon père. Et il faut reconnaître qu'il a toujours été contre ma fréquentation d'un collège normal. Mais je crois avoir aussi compliqué les choses. A cause de mes espérances!

— Par exemple? demanda Elizabeth.

— Par exemple... Je ne sais pas..., commença Pamela. Disons, penser que les autres viendraient vers moi, me demanderaient de participer à leurs activités, essaieraient de devenir amis avec moi. » Elle haussa les épaules. « En arrivant ici, je me sentais différente, et je m'attendais à ce que les gens ne me traitent pas comme les autres. Et c'était idiot. En vérité, je n'ai pas tenté de me consacrer à des activités pour lesquelles mon handicap n'aurait pas eu d'importance. Toi, tu t'es efforcée de me faire entrer dans le journal une bonne dizaine de fois.

— C'est vrai. Je commençais à penser que cela ne t'intéressait pas.

— Bien au contraire! Je crois qu'il m'a fallu du temps pour m'apercevoir que c'était à moi de faire un effort pour m'intégrer. Jessica et toi, vous m'avez aidée dans ce sens. »

Elle sourit et reprit :

« De toute façon, je suis ravie de pouvoir écrire un article sur ce que nous avons fait. Et je m'appliquerai de mon mieux!

— Formidable! s'exclama Elizabeth. Pam, je ne sais pas s'il en est de même pour toi, mais moi je brûle d'envie d'être à vendredi.

— Moi aussi! » lui fit écho Pamela.

A la façon dont brillaient les yeux de son

amie, Elizabeth avait la certitude qu'elle disait la vérité.

*
* *

« Qu'allons-nous faire de ce type ? » demanda Jessica d'un air maussade en entrant dans la chambre de sa sœur. Elle claqua la porte. « Il me rend folle ! »

Elizabeth leva les yeux du magazine qu'elle lisait.

« Qu'est-ce qu'il a encore fait ? voulut-elle savoir.

— Il proclame qu'il a eu une vision... qu'il sait quelle équipe va gagner, demain. Et il est en train de se faire un argent fou en vendant des paris.

— Il utilise son sens des affaires, déclara Elizabeth avec entrain. Ne t'inquiète pas, Jess, il ne tardera pas à en avoir assez de ses prétendus dons !

— En attendant, j'en ai marre ! gronda Jessica. Pour t'avouer la vérité, j'ai l'impression de ne pas pouvoir le supporter une minute de plus.

— Je me demande si c'est mon imagination, mais j'ai comme l'impression que tu... Enfin, comment dire... que tu deviens bizarre !

— Liz, tu ne peux pas savoir combien c'est éprouvant d'être un “Citoyen d'Honneur”, soupira Jessica. Figure-toi que Mme Ubrich veut m'inviter à un dîner avec les Parents d'élèves!

— Je pensais que la célébrité te plaisait», remarqua Elizabeth.

Jessica posa ses béquilles et essaya de bouger sa cheville.

«Ça va mieux, annonça-t-elle. Je ne souffre presque plus! Je brûle d'envie de me débarrasser de ces béquilles!

— Je ne vois toujours pas ce qui te préoccupe, dans ce dîner, observa Elizabeth en refermant son magazine pour prêter toute son attention à Jessica. Les modifications des Jeux te satisfont, n'est-ce pas?

— Oui, répondit Jessica avec un soupir. Mais, j'en ai assez d'être une “fille bien”, voilà tout. Je vais te faire un aveu : Que dirais-tu si je t'avouais que la seule raison qui m'a poussée à agir, au départ, consistait à ne pouvoir supporter d'être mise à l'écart?

— Je ne te croirais pas! protesta vivement Elizabeth. Pour tout l'or du monde! Toi, Jessica Wakefield, dont la valeur morale va être reconnue officiellement!

— J'en ai assez de ces histoires de

Citoyen d'Honneur! avoua Jessica en se levant, aidée de ses béquilles, pour se diriger vers la porte. Je ne serais pas étonnée de ne plus vouloir en parler dès la fin des Mini-Jeux... »

Elizabeth se contenta d'un sourire et se plongea à nouveau dans la lecture de son magazine. Elle aussi, elle n'en serait pas étonnée... D'ailleurs, elle se demandait toujours comment Jessica s'était débrouillée pour rester un « Citoyen d'Honneur » si longtemps...

*
* *

« Maman, est-ce que je peux te parler une minute? demanda Pamela d'une voix timide, sur le seuil de la chambre de ses parents.

— Bien sûr, ma chérie, lui répondit sa mère, avec un sourire. Alors, c'est demain le grand jour?

— Je brûle d'impatience! » reconnut Pamela.

Elle se mit à jouer avec le ruban de ses cheveux. Pourvu qu'elle trouve les mots pour dire ce qu'elle souhaitait!

« Tu as des ennuis avec l'école? demanda Mme Jacobson d'une voix douce.

— Oui, reconnut Pamela, les yeux remplis de larmes. Je commence à vraiment aimer le collège de Sun Valley. Maman, à ton avis, est-ce que papa me laissera terminer l'année? J'ai vraiment l'impression que tout va mieux se dérouler, dorénavant.

— Pamela, ma chérie! s'exclama sa mère, en s'approchant pour la serrer dans ses bras et l'embrasser. C'est toi qui vas prendre la décision! Tu sais bien que ton père et moi, nous ne voulons que ton bien. Si tu décides de rester au collège, nous te soutiendrons totalement.

— Selon toi, quelle est la meilleure solution? s'inquiéta Pamela. Je ne voudrais pas faire de bêtise... »

Mme Jacobson fronça les sourcils.

« Je ne suis pas certaine de pouvoir répondre à ta question, Pam, déclara-t-elle en secouant la tête. A mon avis, c'est toi qui détiens la bonne réponse. Je sais ce que signifie pour toi le fait de fréquenter une école normale. Mais, en même temps, j'ai eu l'impression que tu as connu des moments de solitude. Est-ce que tu regrettes parfois Ridgedale?

— J'étais bien à Ridgedale, répondit Pamela après un moment de réflexion. Je connaissais tout le monde, la façon dont l'école fonctionnait. Chacun savait ce que j'avais la permission de faire et il n'y avait pas le moindre danger. Mais... Comment dire ? Ce n'était pas très motivant. J'aime bien prendre un peu de risques, conclut-elle d'une voix faible.

— Je t'admire pour tout cela, murmura Mme Jacobson en embrassant à nouveau sa fille. Ma chérie, tu possèdes un vrai courage ! Tu l'as toujours possédé, d'ailleurs. Selon les médecins, c'est ce qui t'a sauvée, lors de tes deux opérations du cœur ! »

Les yeux brouillés par les larmes, elle écarta Pamela, pour mieux la regarder.

« Qui sait ? Tu te bats peut-être pour ta vie, cette fois encore... Et ni ton père ni moi ne le savons...

— Maman ! s'écria Pamela en entourant sa mère de ses bras, sans chercher à retenir ses larmes. Je veux rester au collège de Sun Valley. Je veux essayer de toutes mes forces et voir si j'en suis capable.

— Pamela, si n'importe qui le peut, toi aussi, tu en es capable », assura sa mère, dont les propres yeux étaient embués de larmes. Elles restèrent silencieuses quelques instants. De toute évidence, toutes deux pensaient à la même chose. « Il ne reste plus qu'à parler à ton père », déclara enfin Mme Jacobson.

Cette nécessité leur arracha un soupir.

« Ce qui se passera demain contribuera peut-être à le convaincre, lança Pamela, pleine d'espoir. Il viendra assister aux Mini-Jeux, n'est-ce pas ? »

Mme Jacobson répondit d'un signe de tête et déclara au bout de quelques instants :

« Je souhaite que tes vœux soient exaucés. Il m'arrive de me demander pourquoi il est si fâché que tu aies quitté Ridgedale. »

Pamela l'ignorait elle aussi. Elle souhaitait de tout cœur que son père lui laisse l'entière responsabilité de sa décision. Surtout maintenant. Car elle savait, désormais, où elle désirait poursuivre ses études.

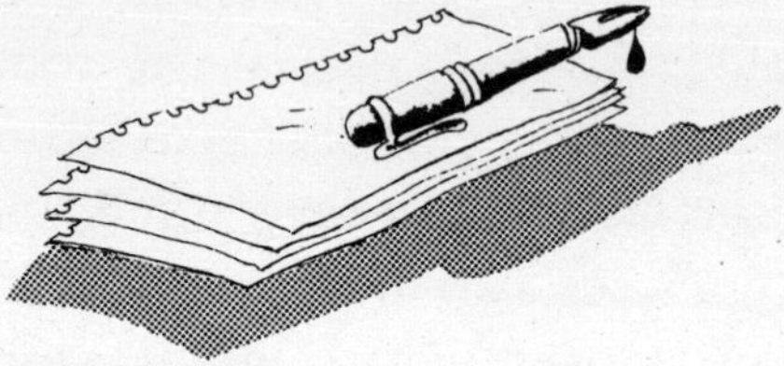

11

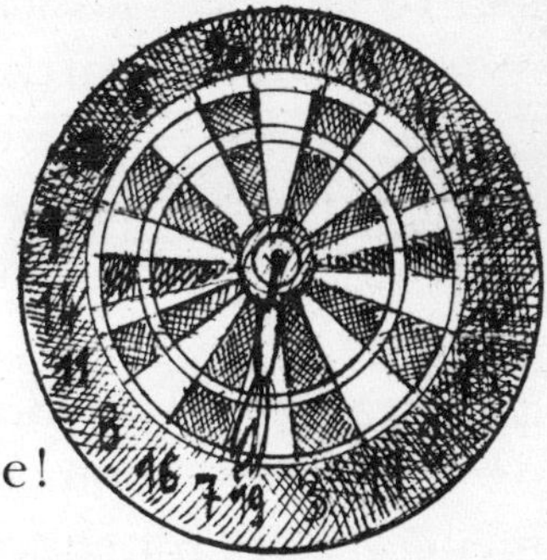

Le jour tant attendu était enfin arrivé! Le *Vendredi* fatidique! Alors qu'elle achevait ses préparatifs, Jessica ne se souciait plus le moins du monde d'être ou de ne pas être « Citoyen d'Honneur »! « Tiens, un ruban violet autour de ma queue de cheval, se dit-elle. Les Licornes seront touchées par cette attention. » Elle se rendrait à l'école en voiture avec la mère de Pamela. Il fallait bien le reconnaître : Pamela s'était montrée d'une grande efficacité, tout au long de la semaine. Beaucoup d'initiative, un véritable sens de l'organisation. Bien entendu, Lila en avait été pour sa peine puisque les Mini-Jeux avaient bel et bien été modifiés.

A neuf heures trente, tout le monde se retrouva dans la cour où l'on formait les équipes. M. Butler appela des élèves dont le nom figurait sur la liste établie la veille par l'ordinateur. Les classes avaient été réparties, comme les années passées, en quatre équipes. Jessica et Pamela faisaient toutes les deux parties de l'équipe Bleue, Elizabeth, de la Noire, Ellen Riteman, de la Blanche, Lila, Janet et Ken Matthews se trouvaient dans la Rouge. En découvrant qu'elle appartenait à la même équipe qu'Elizabeth, Amy Sutton poussa des cris de joie. Les compétitions allaient commencer : M. Butler remplirait la fonction d'arbitre. Il annonça le programme de la journée.

Il y aurait trois temps forts. D'abord, un concours de Jeunes Talents. Chaque équipe devrait composer une chanson et une courte pièce satirique. Pour cette épreuve, Mme Ubrich et quelques membres de l'APE constitueraient le Jury. Ensuite, on disputerait le prix de l'Einstein en Herbe. On avait dressé des tentes, sur la pelouse. A l'intérieur, toutes sortes de jeux : des puzzles, des Chiffres et des Lettres, des concours d'orthographe, un jeu de Mot de Passe et une version pour enfants du jeu de la Fortune. Enfin, une dernière série d'épreuves plus directement sportives. Là, se dérouleraient les compétitions mises au point par Jessica et Pamela, entre autres le concours de fléchettes, le croquet à béquilles, la course à trois pattes, le jeu avec l'œuf, et celui avec le bol d'eau dont il faudrait vider un bac.

Jessica espérait participer à l'épreuve du croquet à béquilles. Selon elle, elle gagnerait haut la main. Comme elle préférait ne pas s'en remettre à la chance, elle avait convaincu M. Butler de lui laisser tirer les numéros de son équipe. Après tout, n'était-elle pas la présidente ? Et si, comme par hasard, elle choisissait son propre numéro, qui ferait objection ? N'était-elle pas un « Citoyen d'Honneur » ? Personne n'accuserait un « Citoyen d'Honneur » de truquer le tirage au sort de l'épreuve du croquet à béquilles !

Le concours des Jeunes Talents se déroula à la perfection. Invités pour toute la journée, les parents avaient pris place sur les gradins qui entouraient le terrain de base-ball, théâtre des prestations de chaque équipe. A coup sûr, pensait Jessica, l'équipe Bleue remporterait la victoire avec sa chanson et sa pièce. Cette dernière, intitulée *A la manière de M. Butler*, était une satire des méthodes d'enseignement du volley de M. Butler. Quant à leur chanson, *Le Blues des Bleus*, une vraie réussite! Pamela était l'auteur des paroles.

Connaissez–vous la nouvelle?
Les Bleus ont le Blues!
Le sport? Quel ennui! La danse? La barbe!
L'école? Quel souci! Les amis? Ils les fuient...
Du matin au soir, et du soir au matin,
C'est le même refrain,
Les Bleus ont le Blues!

Aucune des autres équipes n'avait fait aussi bien. La Rouge avait écrit une pièce vraiment idiote dont l'auteur, selon Jessica, devait être Lila. En effet, il s'agissait de la critique d'un concours de lits à faire, et cela n'avait aucun sens. Quant à leur chanson, elle était aussi bête. Intitulée *Attention, voilà les Rouges!*, elle rappelait un morceau des Boute-en-train.

L'équipe Noire se défendit bien. On reconnaissait la griffe d'Elizabeth, dans la petite comédie. Il s'agissait de reporters novices qui essayaient de deviner qui gagnerait les Jeux. Leur chanson, *Noir magique*, une vraie réussite, avec la rime des mots « tragique » et « magique ». L'équipe Blanche fut la plus mauvaise. Jessica se sentit mal à l'aise pour elles. Un élève de cinquième présenta un numéro d'un comique discutable, et leur chanson ressemblait à un cantique.

Aussi, lorsque M. Butler annonça que l'équipe Bleue avait remporté le concours des Jeunes Talents, Jessica et Pamela éclatèrent de joie. Elles obtenaient ainsi cent points. L'équipe Noire, elle, décrocha la deuxième place, avec quatre-vingt-dix

points, l'équipe Rouge, la troisième, avec quatre-vingts points, et la malheureuse Blanche était dernière avec soixante points seulement.

« Tu peux être fière ! » siffla Lila à Jessica, à l'heure du déjeuner.

Cette dernière parvint à grand-peine à se retenir de sourire. Elle savait que son équipe allait gagner. Aucun doute là-dessus !

*
* *

Après le déjeuner, les épreuves prirent un tour plus sérieux. Lorsque les Rouges remportèrent le prix de l'Einstein en Herbe, Jessica eut le cœur brisé. Les Bleus arrivèrent en troisième position, les Blancs en deuxième, et les Noirs furent derniers... Ce qui donna cent quatre-vingts points pour les équipes Rouge et Bleue, et cent cinquante pour les équipes Blanche et Noire. Le score était donc plus serré que l'on aurait pu le croire. Tout se déciderait lors de la dernière série d'épreuves.

Tous les concurrents montraient une excitation contenue à grand-peine. Parents et enseignants applaudissaient et les encourageaient à voix haute. Jessica brûlait d'impatience de se produire dans le croquet à béquilles. Elle avait la conviction que, grâce à elle, son équipe remporterait la première place.

Il y eut d'abord l'épreuve qui consistait à faire son lit en un temps record. A sa grande joie, Jessica découvrit que Lila avait été désignée pour représenter l'équipe Rouge. Elle affrontait Patty Duval de l'équipe Blanche, Caroline Pearce de la Bleue, et Elizabeth de la Noire. On avait appuyé quatre matelas contre le mât du drapeau. Chaque concurrente reçut une paire de draps et, au signal de M. Butler, elles se mirent à l'œuvre.

« Vas-y, Caroline! » hurlait Jessica. Elle criait si fort qu'elle en eut mal à la gorge. Folle d'excitation, Pamela battait des mains. Caroline décrocha la deuxième place, derrière Elizabeth. Mais Lila et l'équipe Rouge terminaient dernières! En secret, Jessica était transportée de joie. Elle n'oublierait jamais le coup d'œil foudroyant que lui lança Lila.

« Ta victoire ne me surprend pas! dit Jessica à sa sœur. Tu t'entraînes assez à la maison! »

En effet, Elizabeth faisait toujours son lit de façon impeccable tandis que Jessica ne considérait cette nécessité que comme une vertu hebdomadaire...

Pour l'épreuve consistant à vider un baquet d'eau avec un bol, ce fut l'équipe Rouge qui gagna. La Rouge et la Bleue se tenaient. Cependant, la Bleue remporta la troisième épreuve. Une idée de Pamela. Elle l'avait appelée la « marche sur l'eau ». Chaque concurrent devait descendre dans la piscine et la traverser en marchant du côté le moins profond, en tenant une cuillère contenant un œuf. La victoire irait à celui qui atteindrait le côté opposé sans laisser tomber l'œuf.

L'épreuve suivante s'intitulait « Détachez-vous vous-même ! ». Deux concurrents de chaque équipe, attachés ensemble avec une ficelle, devaient se libérer. L'équipe Rouge gagna de justesse, et ses membres déclenchèrent un immense fou rire : il y avait là le minuscule Sammy Strong, un élève de cinquième, et Aaron Dallas, l'un des plus grands parmi les sixièmes. Cette épreuve sembla amuser particulièrement l'assistance.

Suivirent la course à trois pattes, le lancer de ballons sur l'eau et le jeu de boules à l'ananas. Ne restaient que deux épreuves, le concours de fléchettes et le croquet à béquilles, qui termineraient la compétition. Incroyable, mais vrai! Jessica tira son propre numéro du chapeau.

« Super! s'écria-t-elle. Mon numéro vient de sortir!

— Pour une coïncidence..., siffla Lila.

— Tu es mauvaise parce que nous sommes en train de te battre! déclara Jessica.

— Pas si vite! Nous menons avec dix points d'avance! rétorqua Lila.

— Ça ne va pas durer! lança Jessica, perchée sur ses béquilles, en se dépêchant d'atteindre la ligne de départ. Je vais te réduire en bouillie! »

Elle était avantagée, aucun doute sur ce point. Personne, parmi les autres concurrents, n'avait l'habitude d'utiliser des béquilles. Elle, en revanche, une vraie pro! Aussi eut-elle remporté l'épreuve en moins de dix minutes, frappant avec beaucoup d'adresse la balle de croquet. Savoir si les autres pensaient qu'elle s'était entraînée?... L'équipe Bleue remporta l'épreuve haut la main. La deuxième place échut à Kady Johnson, un membre de la Rouge. Lila semblait au bord de la crise de nerfs.

« Et voilà! s'écria M. Butler en levant la main. Nous avons presque terminé! Je vais lire les résultats à haute voix, de façon à ce que chacun sache à quoi s'en tenir. Sept cent cinquante points à l'équipe Rouge et à la Bleue, qui se classent donc ex æquo à la première place et ne seront plus rattrapées, à présent. Avec six cent quatre-vingts points, l'équipe Noire arrive troisième. Enfin, l'équipe Blanche avec six cent quarante points.

« Pour départager les ex æquo, voici la dernière épreuve : le concours de fléchettes. Les deux concurrents tirés au sort joueront à 301 points. La cible est à 2,43 mètres... Le tireur qui atteindra le premier 0 point, sera déclaré vainqueur et son équipe remportera les Mini-Jeux olympiques ! »

Tout le monde salua bruyamment cette occasion d'assister à la « belle » entre les Rouges et les Bleus. Dans l'équipe Rouge, ce fut le délire quand le tirage au sort désigna Ken Matthews pour la représenter. Ken avait été jadis surnommé « microbe » pour sa petite taille, mais c'était un véritable athlète, il l'avait prouvé au basket. Mais surtout, il avait remporté les derniers championnats de fléchettes du collège et battait régulièrement nombre de lycéens de Sun Valley. Les Rouges tenaient la victoire. Quand le sort de l'équipe Bleue se trouva placé entre les mains de Pamela Jacobson, un silence atterré s'abattit sur le stade.

Jessica se précipita vers Pamela et lui serra chaleureusement les mains :

« Bonne chance, lui glissa-t-elle avec un sourire malicieux. On va bien s'amuser quand ils découvriront que c'est toi la championne !

— Jessica ! reprocha Pamela à mi-voix. Tu t'es arrangée pour que je sois désignée, n'est-ce pas ? »

Elle était partagée entre l'envie de rire, le plaisir de participer au concours et l'embarras de ne rien devoir à la chance.

Jessica cligna de l'œil.

« A la guerre comme à la guerre, ma petite. Les fléchettes, c'est ton rayon ! Et cette fois, pas question de rester sur les gradins. Alors, fais attention. Ken est très, très fort ! »

Tandis qu'on installait la cible et qu'on distribuait les fléchettes, Ken Matthews protestait d'un air mécontent :

« Tout était arrangé ! Ce n'est pas juste. Cette fille n'est pas de taille !... M'opposer une... une...

— Je suis cardiaque, pas aveugle ! répliqua Pamela en recevant ses fléchettes de Jessica. Il n'y a rien d'injuste. Et à ta place, je ne me montrerais pas si présomptueux. »

Et elle alla se placer derrière la ligne de lancer en invitant d'un geste moqueur son adversaire à venir la rejoindre.

Le pile ou face désigna Ken pour jouer

en premier. Cela lui donnait l'avantage. Mais il planta ses trois fléchettes si mollement sur le numéro 10 extérieur qu'il y eut un grand « Aaaah » de déception dans le public. Ken haussa les épaules en allant rechercher ses fléchettes. Il était déconcentré par la contrariété.

Pamela manqua son premier lancer et dut recommencer. Mais la fléchette alla ensuite se ficher droit au cœur de la cible. Il y eut un remous. Les deux fléchettes suivantes se plantèrent sur le 20 extérieur. Ce n'était pas mal du tout ! Sur les 301 points du départ il ne lui en restait plus que 171 ! Ken n'avait qu'à bien se tenir !

On applaudit le digne adversaire de Ken.

« Bravo, Pam ! » criait Jessica, folle de joie. Mais quelqu'un dans les tribunes hurlait encore plus fort. C'était le docteur Jacobson.

Au tour suivant, Ken expédia rageusement ses fléchettes. Deux se fichèrent au cœur de la cible, la dernière sur le 20 intérieur, ce qui triplait le point. Un score magnifique ! Ken revenait très fort à 121 points.

La foule attendit en frémissant le score

de Pamela. Ce fut maigre, hélas! Elle ne le réduisit que de 69 points, malgré une fléchette adroitement plantée dans le petit cercle à 25 points. Certes, elle dominait légèrement mais Ken avait retrouvé toute sa combativité.

Un silence religieux accueillit le troisième tour.

Ken faillit gagner et fit presque le point! Il ne lui restait plus que 5 malheureux petits points pour l'emporter.

Une bagatelle! Mais il alla rechercher ses fléchettes, de mauvaise humeur.

Il aurait dû en finir cette fois.

Pamela, à sa suite, se concentra une longue minute. Le regard de Jessica s'accrochait à la cible comme pour l'ensorceler!

Et puis, soudain, il y eut, coup sur coup, trois éclairs d'argent. Incrédule, la foule se dressa. Incroyable! Pamela avait réussi l'exploit de faire exactement le nombre de points qui lui restaient encore à jouer. 102 points! Pas un de plus, pas un de moins! Pamela avait expédié ses fléchettes aux endroits de la cible qu'il fallait pour obtenir ce score. Elle avait gagné l'épreuve et les Mini-Jeux pour son équipe...

Un véritable tumulte succéda au coup de sifflet de M. Butler. On se serrait à s'étouffer, on sautait de joie, on criait. Jessica crut qu'elle ne résisterait pas à l'assaut de ses coéquipiers venus la féliciter.

Elle fendit la foule pour tenter de parvenir jusqu'à Pamela. Mais déjà, le docteur Jacobson hissait Pamela sur ses épaules. Il rayonnait. Quant à Denny, il la bourrait de coups de poing en criant : « Je savais que tu y arriverais! »

« Pourvu que je ne sois pas toute trempée de sueur à cause du croquet à béquilles! » se disait Jessica. Denny était si beau !

« Pamela, tu as été sen-sa-tion-nelle, lança-t-elle en souriant vers sa compagne.

— Comme c'était drôle ! s'exclama cette dernière, les yeux brillants. Merci de m'avoir donné l'occasion de montrer ce dont je suis capable. Papa, dis vite à Jessica ce que tu viens de me confier !

— Aujourd'hui, j'ai reçu une leçon. Lorsque j'ai vu Pamela concourir avec tant de sang-froid, j'ai réalisé combien je l'avais trop couvée, répondit-il en souriant. Elle a prouvé qu'elle pouvait parfaitement prendre soin d'elle-même.

— Papa veut dire que je vais rester à Sun Valley ! s'exclama Pamela, rayonnante.

— Super ! jeta Jessica en se déplaçant sur ses béquilles. Bon, il faut que j'y aille, maintenant », ajouta-t-elle.

Elle vit Mme Ubrich et M. Butler en grande conversation.

Ils devaient parler d'elle, à coup sûr! reconnaître quel fantastique « Citoyen d'Honneur » elle faisait. Si elle s'approchait d'eux, ils la féliciteraient pour le travail accompli.

Au total, la journée avait été merveilleuse. Et Jessica savait que Pamela éprouvait le même sentiment. Comme par enchantement, les choses avaient pris la tournure que Jessica espérait.

En clair, cela signifiait une défaite cuisante pour Lila Fowler et son équipe. Et une éclatante victoire pour Jessica Wakefield!

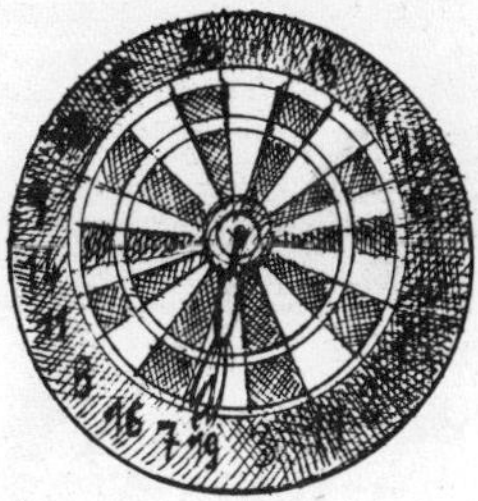

12

« Regardez ! Fini les béquilles ! » s'exclama Jessica d'une voix triomphante. Elle traversa la cuisine baignée de soleil en agitant ses mains vides.

Steven et Elizabeth étaient en train de manger des crêpes. C'était un samedi matin, une semaine après les Mini-Jeux olympiques.

« Incroyable ! s'écria Elizabeth, les yeux écarquillés. Ça ne te fait pas mal, si tu t'appuies sur ta cheville ? »

L'air hautain, Jessica répondit :

« A peine. D'ailleurs, il s'agissait juste d'une blessure sans gravité, ajouta-t-elle en ouvrant le réfrigérateur pour en examiner le contenu.

— Juste une blessure sans gravité! répéta Steven, en imitant sa sœur. Tu ne parlais pas comme cela, ces dernières semaines!

Qu'est-ce que je t'avais dit, Elizabeth ? Dès l'instant où elle guérirait, elle ne songerait plus du tout à ce que représente le fait d'être handicapée !

— Steve, ne raconte pas n'importe quoi ! rétorqua Jessica, qui examinait toujours le contenu du frigo. Je n'ai pas besoin de mes béquilles pour être — d'après les propos de Mme Ubrich, au déjeuner de l'APE — "une jeune fille faisant preuve d'un altruisme peu commun".

— Toi ? Un altruisme peu commun ? s'étouffa Steven.

— Jessica, tu as l'intention de prendre quelque chose dans le réfrigérateur, ou de rafraîchir toute la maison ? » demanda Mme Wakefield, en entrant dans la cuisine.

Elizabeth pouffa. Elle adorait voir sa mère taquiner Jessica.

Elle ne pouvait s'empêcher de reconnaître que tout s'était déroulé le mieux possible. Depuis les Jeux, Pamela Jacobson était transformée : son article avait paru dans *Le Petit fouineur de Sun Valley*, et chacun s'accordait pour en reconnaître la valeur. Depuis, elle envisageait de rejoindre définitivement l'équipe du journal.

Elle avait décidé de rester à Sun Valley, et devant son éclatante victoire de la semaine précédente, son père lui accordait dorénavant son soutien. On se rendait vraiment compte combien ce fameux vendredi avait changé la vie de Pamela. Elle commençait à sortir de sa coquille au point de proposer des jeux, auxquels elle pourrait participer durant le cours de gym. Dorénavant, elle apprendrait à manifester ses propres besoins, et Elizabeth savait que tout se passerait sans problème.

« Qu'avez-vous prévu pour aujourd'hui ? » demanda Jessica en apportant une boîte de céréales sur la table pour s'en remplir un bol à ras bord.

Steven ferma les yeux, faisant mine de se concentrer.

« Un instant, dit-il. Je vois quelque chose... C'est encore confus, mais cela devient de plus en plus net... C'est... C'est...

— C'est insupportable ! coupa Jessica, les yeux exorbités. Si tu savais comme tu as l'air idiot ! Est-ce que tu t'en rends compte au moins ?

— Je vois ce que va être ta journée, poursuivit le garçon. Bouh... Comme tu vas t'ennuyer, ma pauvre vieille ! »

Jessica lui répondit d'un air méprisant. En vérité, elle allait passer la journée avec Ellen Riteman. Elles avaient l'intention de regarder des cassettes vidéo sur l'appareil tout neuf du frère d'Ellen, puis de rejoindre Janet et Lila au supermarché. Il y avait toujours un petit froid entre Jessica et Lila, mais la première pensait qu'il était temps de faire la paix. Après tout, elle pouvait se permettre de se montrer généreuse. C'était *elle*, et elle seule qui avait récolté toute la gloire à l'issue des Mini-Jeux!

« Ton sixième sens te trompe! lança-t-elle à Steven, tout en versant du lait sur ses céréales. Tu ne pouvais pas être plus loin de la vérité! »

Elizabeth devait reconnaître que Jessica avait raison. Chaque fois qu'elle avait des projets, et quels que soient ces projets, Jessica ne s'ennuyait jamais.

*
* *

« Je n'aime pas tellement la vidéo des Toy Car », se plaignit Ellen, installée avec Jessica dans l'immense salon aux plafonds ornés de stuc des Riteman.

Jessica adorait cette demeure. Une des

plus anciennes de Sun Valley, avec ses hauts plafonds, ses grandes cheminées, ses coins et ses recoins. De plus, le parquet du salon était parfait pour esquisser quelques pas de danse.

« Qu'as-tu l'intention d'acheter au supermarché ? voulut savoir Ellen. Moi j'aimerais bien trouver une paire de boucles d'oreilles comme en porte la chanteuse du groupe Toy Car. Je les trouve vraiment extra !

— Ta mère va en attraper une crise cardiaque ! » plaisanta Jessica en souriant.

Elle allait poursuivre quand un bruit de pas, dans l'entrée, l'en empêcha. C'était Mark, le petit frère d'Ellen, âgé de neuf ans.

« El-len, j'ai besoin de toi ! bégaya-t-il, le visage inondé de larmes.

— Que se passe-t-il ? demanda Ellen, l'air contrarié.

— C'est Léon ! Moustaches vient de le cro-quer ! hoqueta le petit garçon d'une voix désolée.

— Qui est Léon ? chuchota Jessica.

— C'est la perruche de Mark, répondit Ellen.

— C'était, précisa Mark. Je le hais, cet imbécile de chat ! J'ai laissé Léon une minute tout seul, le temps d'aller lui chercher des graines, et Moustache a sauté dans la cage et...

— Essaie de ne plus y penser, dit Ellen en se levant pour lui donner une petite tape sur l'épaule et le consoler. Qu'est-ce que tu comptes faire avec ça ? ajouta-t-elle, le regard fixé sur une boîte en carton.

— Je vais l'enterrer, lui confia Mark. Tu veux m'aider ? »

Ellen se tourna vers son amie et leva les yeux au ciel.

« Laisse tomber, Mark, lança-t-elle. Pose la boîte dehors et...

— Je veux l'enterrer ! cria Mark d'un air entêté.

— Bon d'accord ! convint Ellen d'un ton fâché. Viens, Jessica ! J'ai comme l'impression que nous ne couperons pas aux funérailles, avant de nous rendre au supermarché ! »

Elle arrêta le magnétoscope et les deux filles se mirent en devoir de suivre Mark dans le jardin.

Ce dernier passa dix bonnes minutes à choisir le meilleur emplacement pour la dépouille de Léon. Ayant à la main une bêche empruntée dans la cabane à outils de son père, Ellen le suivait, l'air contrariée.

« Tout cela est très morbide, tu sais, finit-elle par dire. Finissons-en au plus vite ! Jessica et moi, nous devons sortir.

— D'accord ! lança Mark au bout de quelques instants. Mettons-le là ! » déclara-t-il en s'arrêtant sous un arbre, au fond du jardin.

Ellen s'avança et lui tendit la bêche.

« Creuse ! ordonna-t-elle.

— Je veux bien ! Mais auparavant, il faut que je lise son oraison.

— D'accord ! » fit Ellen en se laissant tomber sur l'herbe.

Jessica prit place auprès d'elle.

Mark lut à voix haute les quelques lignes écrites sur un morceau de papier qu'il tira de sa poche. Il évoqua la vie de Léon avec beaucoup de détails. Il parla de l'endroit où il l'avait acheté, de son prix, de ses aliments préférés.

« Quel dommage que Léon soit mort avant d'avoir appris à parler ! » ajouta-t-il d'une voix mélancolique. Jessica et Ellen applaudirent avec respect.

« Si tu commençais à creuser ? » proposa cette dernière.

Mark obéit aussitôt.

« J'ai dû toucher un rocher, il y a quelque chose de dur, dit-il bientôt. Ma bêche est coincée.

— Creuse donc! lança Ellen, sans lui prêter attention.

— Ce doit être un rocher, remarqua Mark. La bêche bute contre une paroi. Ecoutez! Cela fait un drôle de bruit!»

Jessica s'approcha. Elle se souvenait des propos d'Elizabeth concernant un phénomène du même genre évoqué dans l'un des romans policiers d'Amanda Howard, son auteur préféré.

« Laisse-moi faire », dit-elle en prenant la bêche des mains de Mark. En effet, l'outil heurtait quelque chose de dur. On aurait dit du métal. Jessica creusa plus profondément, et au bout de quelques minutes elle avait enlevé assez de terre pour apercevoir le bord d'un objet en fer.

« C'est une boîte! cria Mark en examinant le trou.

— Retire-toi, Mark, ordonna Ellen, après avoir échangé un regard avec Jessica. Je vais voir ce qu'il en est. »

Une fois le coffret métallique dégagé, elle l'épousseta. A vrai dire, il n'était pas très grand, mais très lourd et solidement fermé.

« Super! s'exclama Mark. Un trésor enfoui!»

Jessica lança un coup d'œil significatif à Ellen.

« Euh... Je crois que nous devrions d'abord enterrer Léon, dit aussitôt Ellen à son frère. Nous verrons ça plus tard ! »

Et elle posa le coffret à côté d'elle.

« Léon peut attendre ! répliqua le gamin. Je veux ouvrir la boîte !

— Plus tard ! dit Ellen sévèrement. On ne peut pas interrompre une cérémonie funèbre ! »

Jessica savait qu'Ellen pensait la même chose qu'elle. Elles mouraient toutes deux d'envie de connaître le contenu du coffret. Et il n'était pas question que Mark sache ce qu'il y avait dedans ! Surtout s'il s'agissait vraiment d'un trésor enfoui...

Qu'y a-t-il à l'intérieur du coffret ? Vous le saurez en lisant le tome 11 des Jumelles de Sun Valley : *Coupable ou innocente ?*

IMPRIMÉ EN FRANCE PAR BRODARD ET TAUPIN
Usine de La Flèche, 72200.
Loi n° 49-956 du 16 juillet 1949 sur les publications destinées à la jeunesse.
Dépôt : février 1989.